Rudolf Schandalik

**Der Teich**

*Ein Fall für*
Schilling, Doktor, Kommissar

*Der Kriminalroman aus Wien*

Rudolf Schandalik

# *Der Teich*

### Ein Fall für
### Schilling, Doktor, Kommissar

Der Kriminalroman aus Wien

Herstellung und Verlag:
BoD - Books on Demand, Norderstedt
ISBN 978-3-7386-3234-7

In der 2. Loge des ersten Ranges, links, wartet Richard, Dr. Richard Schubert, am Sonntagabend auf seinen Freund. „Josef ist auch heute nicht pünktlich, immer kommt er erst im letzten Augenblick", moniert Richard über Josef, „ist er wieder so spät aus seiner Küche hinaus?" Langsam wird es dunkel im Saal. Die schon verschlossene Logentüre öffnet sich nochmals, Josef drückt sich an den weiter hinten Sitzenden vorbei. Lässt sich auf den noch freien Sessel der ersten Reihe mit einem leisen Seufzer nieder, schnauft noch etwas, und flüstert Richard „Ein alter Mann ist kein Schnellzug" mit einem Begrüßungslächeln zu.

Doch nun kommt schon der Dirigent herein, Applaus empfängt ihn, veranlasst die Orchestermusiker mit einer schwunghaften, alle umgreifenden Bewegung des rechten Armes zum Aufstehen, völlige Stille macht sich im Saal breit. Nach Sekunden des Verharrens gibt er den Einsatz, Puccinis Klänge steigen in den Saal der Wiener Staatsoper empor.

Josef kann sich rasch, durch seine geliebte Musik gefördert, wieder entschleunigen, wird von der Musik weggetragen.

Trotzdem kommt ihm der Streit mit einem Gast von heute wieder in den Sinn, über den er sich so aufgeregt hatte. Aber Puccini behält doch die Oberhand.

Wie meist, die Pause bringen sie im Mahlersaal bei einem Glas Wein zu, „Hat Deine Frau heute Nachtdienst, die Arme?"

"Ja, leider! Und ‚Turandot' ist eines ihrer Lieblingsstücke überhaupt. Voriges Jahr in Graz haben wir eine Neuinszenierung gesehen, es war heiter gewesen, insbesondere wegen des

Eisregens, der unser Eintreffen im Opernhaus fast vereitelt hätte!"

"Na, werde ich halt versuchen, sie würdig zu ersetzten!"

„Ersetzen kannt's sie mir nie und nimmer, aber, wie öfters, gut vertreten", lacht Richard, „freu mich, dass Du es gerade noch geschafft hast, rechtzeitig hierher zu kommen. War so viel los heute, bei Dir im Lokal?"

„Ja, mittags wieder über alle Maßen, aber das ist ja Gott sei Dank meist. Aber dann gab es mit einem Gast aus dem Osten großen Stunk. Hat die Michi angegangen, sie hätt` ihn nicht an den Tisch gesetzt, den er wollte, das Essen wäre nicht berauschend gewesen, noch dazu lauwarm, wie auch der Wein, es passte ihm halt nichts. Die arme Michi war ganz aus dem Häuschen", dann lächelt er, „hab schon befürchtet, sie erleidet eine Frühgeburt, so echauffiert war sie! Du weißt ja, wie sehr sie sich mit dem Lokal identifizieren kann!"

„Ja, Deine Michi ist schon eine ganz Besondere, kannst glücklich sein, dass sie bei Dir ist, sie ist Dir zugetan wie eine Tochter. Sonst hätt` sie den Job schon längst an den Nagel gehängt!"

„Glaub mir, bin schon so viele Jahre in diesem Geschäft, ein Haubenlokal ist immer schwieriger zu führen als ein normales Restaurant, die Gäste werden ja anspruchsvoller, bekritteln alles."

„Hast recht, zuerst es sich gut schmecken lassen, dann knapp vor der Rechnung passt auf einmal dies und das nicht mehr. Josef, glaub mir, bei uns ist das kaum anders!"

„Kann ich nur bestätigen! Ärzte als Gäste sind angenehm, die verstehen vom hochwertigen Essen mehr, auch kennen sie ja das ewige Herumnörgeln aus ihrer Praxis genügend. Ich kann mich nicht erinnern, dass einer sich wegen nichts und wieder nichts so aufgepudelt hatte, wie der ungute Kerl heute. Bin gleich hinein zu ihm, hab Michi hinausgeschoben, will nicht, dass sie sich recht aufregt! Hab einmal von einer alten Tant gehört, dass dann das Kind recht ‚schiach' wird!", lacht Josef mit glücklichen Augen.

„Wirst wohl ein toller Opa werden!"

„Leider nur ein nomineller Großvater, so eine wie die Michi hätt ich mir schon zur Tochter gewünscht! Einmal hat mich ein Gast gefragt, ob meine junge Frau das erste Kind erwartet, da habe ich feuchte Augen bekommen, ich alter Depp!"

Das Läuten bricht die weitere Unterhaltung ab, beim Gang zu Loge kann Josef nur rasch noch sagen, dass er beim befreundeten Kollegen im Restaurant hinter der Oper einen Tisch für danach bestellt hat.

Nach dem letzten Vorhang gehen sie aus dem Opernhaus hinaus, leichter Regen fällt aufs Pflaster. Ohne Schirme laufen sie, Josef etwas langsamer, er schnauft schon sehr bei dieser Anstrengung, unter den Arkadengängen des Openhauses herum und in das Lokal, das Josefs Freund, dem Wolfgang Petzner gehört. Wolfgang begrüßt Josef Preinschmidt herzlich, auch Dr. Richard Schubert. Richard ist ihm kein Unbekannter mehr, mit seiner Frau, Mimi, war er schon einige Male nach der Oper hier.

Die Aperitifs, in hohen, schmalen, vorzüglich mit kräftigen Schaumkronen versehen Pilsner, sind rasch gekommen. Herrlich, wenn die Kehle so trocken ist. Die Bestellung, inklusive des von Josef ausgesuchten, zum Essen passenden Weines, ist unverzüglich aufgegeben. Zuerst noch ein großer Schluck, in der Oper ist ja so trockene Luft, nun setzt Josef die schon in der Pause begonnene Erzählung über die nachmittäglichen Ereignisse fort.

„Richard, da waren heute zwei so anmaßende Männer bei mir im Lokal. Schreckliche Leute, die in irgendeiner mir unbekannte Sprache gesprochen haben. Mit allem und jedem unzufrieden, taten sie so, wie wenn ihnen das Lokal gehörte, einer sagte böse zu Michi 'Wenn Laden gehört uns, Kleine, Du sofort fliegen hinaus!' Michi war ganz verstört, als sie mich geholt hat!"

Petzner bringt bei diesen so befreundeten Gourmets höchstpersönlich das Amuse-Gueule. Zwei kleine Häppchen, ein so fein abgeschmecktes Beefsteak tartare mit einem halben gekochten, noch lauwarmen Wachtelei, kombiniert mit einer Wildschwein-Pastete! Und alles schön in einem kleinen Schüsselchen auf einem Salatblatt angerichtet, mit ein paar Tropfen Cumberlandsauce, dazu eine leicht angetoastete Brioche-Scheibe. „Lasst es Euch gut schmecken! Werde mich heute abends besonders anstrengen müssen, so illustren Gästen mit exzellentem Geschmackssinn zu genügen!"

Da können die beiden nicht widerstehen, vorsichtig prüfend versucht Josef zuerst von der Pastete, nimmt nur ein Eckchen mit dem kleinen Löffel in den Mund und lässt es auf der Zunge zergehen. „Gut," dann den Löffel in der Cumberlandsauce benetzend, „noch besser. Man spürt ganz leicht den guten alten Portwein heraus! Hast das sicher selbst zubereitet, Wolfi?"

„Das ist aber schon eigenartig, Josef, versteh ich nicht, was meinte der Mann im Lokal?"

Dabei schneidet Richard ein Stückchen vom warmen Wachtelei ab und belädt dieses mit etwas Beef, steckt es in den Mund und wartet auf ein berauschendes Geschmackserlebnis. Er braucht nur zustimmend Nicken, Wolfgang Petzner ist zufrieden, mit lächelndem Gesicht geht, nein, er schreitet in seine Küche zurück.

„Richard, Du und Mimi ward schon so oft bei mir, das Lokal läuft sehr gut, auch oder gerade, weil es ein wenig am Stadtrand liegt. Ich kann mir es nicht erklären. Naja, ist ja auch gleichgültig, bösartige Menschen gibt es überall, auch bei uns."

„Hast Du gesehen, es regnet massiv! Wie Sturzbäche kommt es runter!" Versonnen blickt Josef durch die nasse Fensterscheibe hinaus auf die Straße.

Das so zarte Vitello tonnato wird gerade serviert, beide machen den ersten Schluck vom prächtig temperierten Wein. „Die Sauce ist eine echte Kunst, dass es so wird wie hier, so sämig, geschmackvoll gewürzt, dass der Thunfischgeschmack das Kalbfleisch nicht erschlägt! Das kann er, der Wolfgang! Ist manchmal recht gut, ein wenig bei Freunden zu spionieren", lacht er, der Haubenkoch mit den berühmten Fischspezialitäten.

Dabei rollt er fast kunstvoll eine der dünnen, gerade richtig geschnittenen Scheibchen des wohltemperierten Kalbfleisches so zusammen, dass eine passende Menge der Thunfischsoße sich innen findet. Schnuppert daran und steckt dies in den Mund, ein Lächeln überzieht sein Gesicht! „So ist es richtig!"

„Richard, wenn das Ganze nur nach Eiskasten schmeckt, kannst du den ganzen Wirten vergessen!"

„Na, der Petzner kann Dir noch lange nicht das Wasser reichen, aber bin schon Deiner Meinung, dieses Vitello ist sehr fein!"

„Bin schon neugierig aufs Osso bucco!"

„Wird sicher sehr gutes Fleisch sein, bin eher gespannt auf den Geschmack des Safterl. Der Saft ist mir immer so wichtig, auch Mimi schätzt diesen immer besonders! Bei meinen Freunden, du weißt, meinen „Ersatzeltern" in Malcesine, hat dieser eine ganz spezielle Würze, den kann nur die Maria-Louisa auf den Teller bringen!"

„Du und Deine Mimi, Ihr seid schon feine Leut', hab eh so wenige echte Freunde, da wiegt jeder doppelt! Könnt Ihr übermorgen kommen, ich hätt' einen so schönen Waller für euch!"

„Gerne, morgen, Montag habe ich Nachtdienst, Dienstag abends ist dann super, bin überzeugt, Mimi freut sich auch."

„Am Sonntagabend und am Montag hab ich sowieso geschlossen, ein ganzer Ruhetag muss auch sein, das ist wichtig für das Personal! Aber auch für mich!"

Josef kann, wenn es um neu zu kreierte Speisen geht, schon ins Schwärmen kommen. Da wird er zum Meister der Kulinarik.

„Aber hab mir schon was ausgedacht: Die Vorspeise wird eine Überraschung, eine neue Kreation von mir, eine schmackhafte Kombination aus Fleisch und Krustentieren, mehr will ich nicht verraten! Auf meine alten Tage werde ich immer einfallsreicher! Michi hat mir versprochen, sie wird extra für euch kommen! Sie ist so eine Liebe, wie Deine Mimi!"

„Als ein Gast sie als Deine junge Frau bezeichnet hat, da wird Dir der Kamm riesig geschwollen sein!" Richard kann ihn sich vorstellen, den Josef.

„Hab sie immer wie eine Tochter gesehen. Die beiden, Franz und sie, machen mir solche Freude! Insbesondere seitdem das Kleine unterwegs ist! Franz ist so tüchtig, hilft mir viel, er hat die Betreuung des Fischwassers schon völlig übernommen! Was glaubst, was das Arbeit macht, wenn man alles richtig machen will!"

„Und wie ich Dich kenne, willst Du, dass alles wirklich ökologisch und bestens gewartet ist, so schmecken die Fische ja auch."

Das Osso bucco wird serviert, Richard kann es fast nicht erwarten, vom ‚Safterl' zu kosten, „Mum, sehr gut, fast, aber nur fast wie bei Dir! Und anders als bei Maria-Louisa, auch Mimi hat es nicht erforschen können, als wir letztes Mal in Malcesine waren. Vielleicht hat sie eine Kaper mehr oder auch weniger verwendet?" Da müssen beide lachen.

„Weißt, ich will nicht, dass Markus einmal alles erben wird! Auf keinen Fall! Er ist zwar mein leiblicher Sohn, aber Du kennst ihn ja, so wirklich zuverlässig ist er ja nicht! Würde sich nie selbst engagieren im Geschäft, hat gleich gemeint, dass er es dann verpachtet! Da hab ich mir gedacht, ätsch!, du wirst es gar nicht bekommen, das Restaurant, das habe ich schon für Franz und Michi vorgesehen! Ich war deswegen vor einer Woche schon beim Notar, ist schon alles unter Dach und Fach! Nur weiß es noch niemand, außer Dir nun. Die Umschreibung vom Markus auf die Michi ist schon erfolgt! Soll auch keiner wissen, auch Michi erst, wenn das Kleine da ist und sie geheiratet haben! Nur das Wohnrecht in meinem Häuschen in Neuwaldegg möchte ich bis zu meinem Tod behalten! So hab ich mir das gedacht, schau, ich bin 63, werde auch nicht mehr jünger! Trotz Deiner vielen Pillen!"

„Wirst schon noch ein gerüttelt Maß an Jahren bleiben, wie ich Dich kenne! Kannst ja gar nicht anders, Dich wird man noch aus Deiner Küche hinaustragen müssen!"

„Ein wenig müder bin ich schon, weißt, fühle mich so abgeschlagen! Die Luft bleibt so schnell weg!"

Richard schaut ihn fragend an. „Komm doch die nächsten Tage zu mir, so ein kleinerer Gesundheits-Check! Wäre doch dringlich angezeigt! Meinst Du nicht auch?"

„Reden wir nicht von der Gesundheit, mein Hausarzt hat mich zum Röntgen geschickt, hab noch kein Ergebnis bekommen."

Richard ist betroffen, er schaut dem Josef ins Gesicht, „Etwas grau im Gesicht bist Du, kein Wunder bei der vielen Arbeit!"

„Ein bisschen bleib ich hoffentlich noch! Aber, ich hab noch ein Geheimnis, nur für Dich: Vor einigen Wochen waren zwei Damen bei mir, die eine etwa um die 50, schaut super aus und hat mir gleich so gefallen. Hab, wie heute der Wolfgang, den Gruß aus der Küche auch selbst serviert! Sie war dann noch zweimal seither im Lokal, aber allein! Ich glaube, da könnte was werden, ich will auf meine alten Tage nicht ganz allein sein! Gemeinsam mit dieser Dame könnte ich mir schon gut vorstellen, meinen Lebensabend zu verbringen, in meinem Häusl im Wald von Neuwaldegg. Wir haben uns schon ein wenig unterhalten, weißt ja wie das ist, keiner getraut sich aus sich herauszugehen, ich schon gar nicht Ob sich aber eine Beziehung noch rentiert, für mich Alten! Ich habe in der letzten Zeit einige Zweifel!"

„Ja, Deine Schüchternheit hat sich in den Jahren nicht verändert, bist nur weiser geworden! Dass Du Markus den Betrieb nicht geben willst, versteh ich sehr gut, glaube auch nicht, dass dies gut gehen würde! Auch Mimi, die wirklich einen trefflichen Geschmack hat, ist von Markus nicht positiv überzeugt, und den guten Geschmack meiner Mimi kann man nicht anzweifeln, sie hat ja auch mich genommen!", lacht Richard seinen Freund an.

„Ich bin nur froh, dass ich damals, als Markus unterwegs war, seine Mutter, die Gretl, nicht geheiratet habe! Das wäre sowieso schief gegangen, die war nur aufs Geld aus!"

„Ich trink noch einen Kaffee, Du auch?" hängt Josef noch an.

„Nein, lieber nicht, ich kann dann so schlecht einschlafen."

Als die beiden das Lokal verlassen wollen, hat sich der Regen noch verstärkt, „der Himmel hat seine Pforten geöffnet, jetzt kommt die Sintflut!" lachte Richard. Und, wie immer, wenn dies nötig wäre, haben sie keinen Schirm bei sich. Da kommt aber der Petzner ihnen nach und versorgt sie mit Schirmen, doch ein sehr gutes Lokal, „Das Petzner"!

Noch Richard bis zum Auto begleitend, sagt er zu ihm, „das ist für mein Fischwasser nicht gut, wenn es so plötzlich so extrem und massiv regnet! Und Franz ist nicht da, er musste nach Kärnten."
„Der Franz ist aber ein Tüchtiger! Was der alles tut! Studium ist schon sehr belastenden, und die viele Arbeit bei Dir! Michi unterstützt ihn auch kräftigst. Die beiden sind so lieb zueinander!"

## 2

Schilling, oder wie er sich gern bezeichnet, „Schilling, Doktor, Kommissar", ist ein etwas skurriler Mann, der den Anfechtungen durch die Damenwelt bisher erfolgreich widerstehen konnte. Den Vornamen kennt so gut wie niemand. Wahrscheinlich hätte kein weibliches Wesen mit ihm länger als ein paar Wochen ausgehalten, versucht haben es schon so zwei, drei in den Jahren, die er nun in Wien ist. Länger durchgestanden hat es nur eine Heldin, und dies fast ein halbes Jahr!

Er, Schilling, 36, hat so manche Gewohnheit, die Frauen nicht gerade anziehen. Eines der Hauptlaster ist die Ungeduld, das Zweite ist das absolute Unvermögen, Unfähigkeit zu verstehen! Und Ungeduld ist etwas ganz perfides, wenn man mit der Holden in die Oper, ins Burgtheater will, wenn man weiß, dass der abendliche Verkehr heute sehr stark sein wird. Wenn man weiß, dass schon wieder eine Demo auf der Ringstrasse abgehalten wird. Und sie, sie wird mit der Kriegsbemalung oder der Auswahl des richtigen Kostüms, des passenden Kleides nicht und nicht fertig! Schon im Mantel vom Vorzimmer ins Wohnzimmer und zurück, wieder ins Wohnzimmer, dann möglichst laut noch mit der Dienststelle telefonieren, dabei einen leidenden Ton anschlagen. Das kann und kann nicht lange gut gehen. Dann noch alle 3 Minuten laut fragen, „Bist du jetzt endlich fertig? Ich fahr nun los!"

Schillings Spitzenleistungen in Sachen Unverständnis gegenüber der Damenwelt war ein Besuch in einem seiner Lieblingsrestaurants, beim „Preinschmidt". Nachdem die doch recht attraktive damalige Begleiterin endlich von der freundlichen, so geduldigen Empfangsdame beim Josef Preinschmidt richtig platziert worden war, sodass sie das Lokal gut überblicken konnte. Oder war eher ihr Wunsch federführend, dass sie auch von überall wohl gesehen werde. Dann   hatte sie in der

Speisekarte gelesen. So wirklich gelang dies ja nie, wenn sie ihre Lesebrille nicht bei sich hatte. Aber nur nichts zugeben, hübsche, geschmackvoll gekleidete Damen brauchen keine Brille! Schon gar nicht, wenn das halbe Lokal nach ihrem primadonnenhaftem Auftreten sie beobachtet. Dieser Zwicklage völlig verständnislos gegenüber stehend, beginnt Schilling, in einem monotonen Singsang, laut die Karte vorzulesen, dies ganz bewusst inklusive der Preisangaben! Diese Dame hatte er erfolgreich vergrämt, in seinen Worten klingt es anders, „Auch die habe ich abgewehrt!"

Den kompletten Tag dort, im Polizeipräsidium, im Büro, zu zubringen ist für ihn oftmals etwas deprimierend. Die Kollegen seien so uneinsichtig, sehen ihre Fehler nicht, und sind schon eingeschnappt, wenn er, der Chef, ihren Sonntagsfrieden stört! Überall lauert Unfähigkeit par excellence!

Trotz allem ist er bei seinen Mitarbeitern nicht unbeliebt. Sie wissen, sie können sich auf ihn verlassen! Dienstzeiten legt er sehr elastisch aus, wenn er ruft, sind aber alle sofort hier. Und wenn der Zweck die Mittel heiligt, werden auch einmal die Dienstvorschriften sehr weit auslegt. So manche Aktion hat er bewilligt oder auch selbst durchgeführt, die am Grat zwischen Legalität und gewünschtem Ermittlungserfolg balanzierte. „Die Aufklärung eines Verbrechens steht im Vordergrund, der Weg dorthin muss man oft flexibel handhaben", meint er immer.

Ein wenig schade finden sie, die Mitarbeiter, es, dass trotz den Vorbilder aller Tatort- oder Soko-Ermittlerteams bisher keine weibliche Kollegin seinen Ansprüchen genügen konnte. Nicht dass sie sich eine Frau als Chefin herbeiwünschten, nein, das muss ja nicht gerade sein, aber so eine schicke Blondine wie bei Soko-Leipzig könnten sie sich schon vorstellen! Gerade die zwei älteren Kollegen sehen dies so! Und der junge Inspektor, ja, der würde sich doch recht freuen. Der ist, so wie der Chef, Junggeselle, wenn auch sein Privatleben etwas ausgeprägter als Schillings ist. Da kann es schon einmal sein, dass er einen überdimensionalen Schal benötigt. Um Mahnmale seines Liebeslebens zu verbergen.

Aber, auch wenn die Blondine fehlt, die Kollegialität ist großgeschrieben. In der Gruppe 2! Der Gruppe ›Schilling‹!


Auch diesen Dienstag spät abends ist er noch im Büro, sich der absolut sekkantesten Tätigkeit, der Aktenbearbeitung, widmend. Schillings Privatleben war wieder einmal am absoluten Tiefststand angelangt, als das Telefon Sturm läutete, der Journaldiensthabende hebt ab, macht sich Notizen, und sagt: „Ok. Wir sind schon unterwegs!"

# 3

„Wie geht es Dir, was macht das Kleine?", überfällt Mimi die Michi. Die sieht in Mimì eine nur wenig ältere Schwester, beide mögen sich sehr, auch Mimi hat schon einmal gemeint, wäre schön eine Schwester wie Michi zu haben! Michi kann die Neuigkeit nicht bei sich behalten, „War gestern beim Ultraschall: Es wird ein Bub! Hab Franz gleich in Villach anrufen müssen, wir sind so glücklich!"

Mimi und Richard sind schon sehr früh gekommen, kaum noch Gäste hier, damit sie mit Michi noch etwas ratschen können. Die junge Frau steht mit beiden Beinen im Leben, eine rund um hübsche junge Frau, die eigentlich halbtags einem Schreibtisch-Job in der Wirtschaftskammer nachgeht, der ihr aber kaum Spaß macht. Viel lieber ist sie beim Josef, den sie wie einen Vater sieht, ihr eigener ist in ihrer Kindheit verstorben. Beim Josef hat sie schon in den Jahren vor ihrer Matura gejobbt, im Sommer besonders, dann auch an den Wochenenden. Seit das Kleine unterwegs ist, ist sie nicht mehr im Service tätig, Josef hat sie zur „Empfangsdame und Managerin des Service" gekürt, was sie sehr gut ausfüllt und körperlich kaum belastet.

Ihren Franz hat sie im Lokal kennengelernt, der zur Finanzierung des Studiums so alles macht, was Josef ihm aufträgt: vom Helfen in der Küche über Einspringen im Service bis zur Versorgung des Fischteiches. Franz studiert an der Hochschule für Bodenkultur, wo er sich besonders mit der Lebensmittelkunde beschäftigt und sollte kommenden Sommer abschließen, was Michi jetzt schon so stolz macht. „Dann bin ich Frau Diplomingenieur, oder die Frau Dipling", lachte sie einmal.

Mimi, Michi und Richard, auch Franz ist eingeschlossen, sind schon gut befreundet, wobei der Josef die wohl treibende Kraft dabei gewesen war.

„Richard, Du und der Chef, seid doch am Sonntag in der Oper gewesen, war da irgendwas? Ist da was vorgefallen? Gestern war ja Ruhetag. Aber der Chef ist heute noch nicht aufgetaucht! Hab schon versucht, Josef zu Hause zu erreichen, er schläft gerne am Nachmittag so ein oder zwei Stunden! Er hat sich aber nicht gemeldet! Was soll ich jetzt nur machen?"

„Ach, wird sicher gleich eintreffen, die Vorarbeiten haben die Mitarbeiter in der Küche ja schon alle erledigt, sodass er dann ins Volle einsteigen kann!" Aber auch Richard ist etwas unruhig geworden, er fragt Michi: „Ist Franz da?"

„Nein! Das noch zusätzlich, Franz ist auf einer Uni-Exkursion in Kärnten, ist schon Sonntag mittags mit dem Zug nach Villach. Am Freitagabend wird er wieder heimkommen!"

Mimi ist sofort bereit, auch in der Küche zu helfen, soweit sie dies kann, sie ist ja schon eine begnadete Köchin. Aber eine Haubenküche ist alles andere als der heimatliche Kochtopf.

„Ich kenn das Haus in Neuwaldegg, in dem Josef wohnt, wir waren ja schon mehrmals bei ihm." Er, Josef, hat sich die kleine Villa hart erarbeitet, und sie ist auch nicht so weit entfernt. „Ich fahr zu ihm, Mimi, ich schau nach, ob sich der Küchen-Zampano verschlafen hat!"

„Ok, ich helfe inzwischen Michi und in der Küche," sagt Richards geliebte und immer so hilfsbereite Gefährtin fürs Leben!

Es ist später Herbst, nass, glitschige Blätter auf dem kleinen Gässchen in Neuwaldegg am Stadtrand, mühselig kämpft sich sein alter Wagen bergauf, ächzend über Stock und Stein. Die ausgefahrenen Fahrrinnen sind durch den starken Regen ausgewaschen, er quält sich die steile Strecke zum Haus hinauf. Kein Licht, alles ist dunkel. Solche Stille umgibt ihn!

Mit den Zweitschlüsseln, Michi hatte ihm diese, die am Bord hinter dem Kücheneingang hängen, mitgegeben, sperrt er auf. Das etwas angerostete Eisengittertor lässt sich nur schwer öffnen, knarrt herzerweichend. Dann hinauf auf der kleinen, wenigsten asphaltierten Straße bis zu Haus. Trotz dass er sturmläutet, keine Antwort!

Richard wartet, läutet wieder. Nun öffnet er selbst. Leer, es ist niemand da! So kalt, so unpersönlich steht das Haus am Waldrand.

In der Küche ist noch etwas kalter Kaffee in der Maschine. Eingetrocknete Brotreste am kleinen Küchentisch, ein unverschlossenes Glas mit etwas Marillenmarmelade. Der Teller benutzt, schmutzig von den nun braun angetrockneten Marmeladenresten, das Besteck achtlos darüber gelegt, wie man die Küche hinterlässt, wenn man es eilig hat, wenn man vorhat, bald zurück zukommen.

Die gefensterte Türe ins Speisezimmer steht offen. Gar nicht Josefs Art. Im Wohnzimmer alles wie immer, das Klavier, ein Flügel von hoher Qualität, mit dem Überwurf und der darauf stehenden leeren Blumenvase. Er konnte so schön spielen!

Das Bett im Schlafzimmer ist noch zerwühlt, als wenn Josef eben erst aufgestanden wäre, das Bett ist kalt. Im anschliessenden Badezimmer liegt die Zahnpasta-Tube offen, der Verschluss achtlos daneben, ein Handtuch über dien Badewannenrand geworfen, das Rasierzeug unbenützt! Richards alter ‚Nick Knatterton' kombiniert: Josef ist aufgestanden und wollte rasch weg, er, der sonst nie unrasiert auf die Straße ging, hat es eilig gehabt. Und ist nicht in die Stadt, nicht in sein Lokal!

Wohin ist er??

Im kleinen Nebengebäude steht ein Land-Rover, er benützt dies als Garage. Sein normales Auto, ein dunkler 7-er BMW, fehlt aber. Ist er also doch, unrasiert, in die Stadt? Er, der Josef, unrasiert, rasch in der Früh? Oder war es doch nachmittags, nach dem mittäglichen Schläfchen, gewesen? Richards Nick Knatterton versagt völlig, zu dessen Entschuldigung, er verfügt auch weder über Lupe noch eine passende karierte Kleidung inklusive dieser ulkigen Kappe!

Kleidung, das ist ein Anhaltspunkt! Nochmals inspiziert er die Wohnung. Im Vorzimmer hängt noch das Anzugsakko vom Opernabend, sehr dunkles Blau, kann er sich erinnern! Und die dazu passende Hose hat er im Schlafzimmer lässig über den Stuhl geworfen, unordentlich, ja unordentlich, der Josef! Naja, sollte die tolle Frau, die er im Lokal kennengelernt hatte, hier einmal einziehen, da wird dies aber anders sein, dessen ist er sich sicher! „Würde mich für Josef sehr freuen, wenn daraus etwas werden könnte, ich weiß aber, wie schwer es ist, zu zweit zu leben, wenn man immer allein gewesen war!"

Josefs Abendschuhe stehen ebenfalls im Vorzimmer, leicht verschmutzt. Sonst findet sich nichts, einfach gar nichts!

Richard ruft im Restaurant an, ob Josef inzwischen schon gekommen ist, Michi, den Tränen nahe, verneint dies!

Wo kann er nur sein?

Richard fährt ins Restaurant zurück. Kann es sein, dass er zu dieser uns unbekannten Dame gefahren ist, fragt er sich. Michi hat sie zwar kennengelernt und nur ein paar Worte mit ihr sprechen können, sie meint, sie habe recht nett gewirkt, eine elegante und attraktive 50-Jährige, sie weiß aber sonst nichts.

Michi hat auch ihren Franz angerufen, was sie tun soll. Inzwischen ist es später geworden, auch sind viele Gäste gekommen, sodass, so weit dies ohne Josef möglich ist, ein halbwegs normaler Betrieb gestartet werden muss. Die Mitarbeiter in der Küche sind erfahren, wissen, wie Josef kocht, sodass der Betrieb mit für den Laien kaum erkennbaren Einschränkungen voll anläuft.

Wenn auch nicht den angekündigten Waller und natürlich nicht die niemand bekannte neue Vorspeisen-Kreation, Richard und Mimi haben inzwischen etwas gegessen.

Franz konnte sich auch nicht vorstellen, wo Josef hingefahren ist. Dann hat er später zurückgerufen, ob das Unwetter von Sonntagnacht wirklich so arg gewesen sei, wie er im Fernsehen gesehen hatte. Als Michi und dann noch Richard ihm sagen, dass es sehr schlimm gewesen sei, besonders im Norden von Wien, ist Franz auf die Idee gekommen, dass er vielleicht zum Fischteich unterwegs war. Um nachzusehen, ob alles in Ordnung sei, im Besonderen mit den Gittern beim Abfluss! „Das wäre sonst meine Aufgabe gewesen. Am Sonntag früh habe ich noch gefüttert. Vielleicht hatte er dann einen Unfall," meinte er noch, „es könnte wichtig sein, dort nachzusehen"!

„Mach mich gleich auf! Ich kenne den Weg zu dem Teich, Franz, bitte bleib erreichbar, sollte ich Fragen haben."

„O. K., Richard, ich warte, bis Du Dich wieder meldest!"

# 4

Die etwas schwierige Zufahrt führt Richard zum oberen Teich. Josef ist immer mit dem Land Rover hierher, kann mich gar nicht erinnern, dass er auch mit dem BMW zum Fischwasser unterwegs war.

Es ist eigentlich ein kleiner See, tagsüber, bei Sonnenlicht eine direkt romantische Gegend! Die Ufer sind mit Bäumen und Sträucher bewachsen, ganz oben am See liegt das kleine Boot, mit dem Josef zum Fischen hinausfährt, fest vertäut. Und zu einem Gutteil mit Regenwasser gefüllt. ‚Dies kann er nicht benützt haben', denkt sich Richard. Ganz still ist es. Und so dunkel!

Der Teich liegt schwarz und irgendwie so friedlich da, kein Auto zu sehen. Völlige Stille umfängt ihn. Keine Ente quakt, kein Vogel singt, etwas klamm fühlt sich Richard schon. Mit einer starken Taschenlampe bewaffnet sucht er das Wasser und die Ränder ab. Die Gitter vor dem Abfluss sind frisch gereinigt, keine Äste oder Blätter verlegen diese, nur eine tote Wildente hat sich im Gitter eingeklemmt.

Aber kein Josef, kein Auto!

Richard fährt den kleinen Weg entlang des Baches, der die drei Teiche nacheinander speist, weiter hinunter. Wobei nur der Oberste in Josefs Besitz ist, ein natürliches Fischwasser, teilweise schon seeartig erweitert. Auch der mittlere Teich ist mit dichten Büschen eingesäumt. Der kurvige Weg führt gut 50-60 Meter weiter, er muss alle drei Teiche abfahren, ein Umdrehen in der Nacht ist ihm auf dem recht engen Weg doch zu riskant.

Konzentriert auf den Teich blickend, Richard versucht etwas Verdächtiges zu sehen, er leuchtet mit der Taschenlampe das Ufer und den See ab. Das gegenseitige Ufer erreicht er aber mit dem Lichtkegel nicht. So übersieht er das Auto. Nur ganz kurz sah er im Rückspiegel im roten Licht seiner Schlussleuchten etwas aufleuchten. Er stoppt den Wagen, steigt aus, geht zurück: Da, auf einer kleinen Ausweichstelle am Weg, etwas von den Büschen verdeckt, schon im unteren Bereich des mittleren Wassers, steht Josefs BMW, er erkennt ihn sofort!

Richard leuchtet in das Auto, es ist leer.

Wo ist Josef?

Er fährt nun langsam rückwärts, bis er etwas hinter dem BMW zu stehen kommt. Er lässt den Motor laufen, auch um diese tiefe Stille zu durchbrechen, auch die Scheinwerfer voll eingeschaltet. Steigt aus, im Auto ist er also nicht! Die Umgebung des Autos sucht er ab, es ist schon schwer, bei den vielen Sträuchern und kleinen Bäumen etwas zu sehen. Es ist wie verhext!

Richard geht mit der Taschenlampe den Teichrand ab, das Fischwasser ist hier gut 15 Meter breit, wenn nicht einige Meter mehr, mit vielen Büschen am Uferrand. Alles ist so finster, so schwarz! Das Licht der Taschenlampe bildet die Sträucher zu unheimlichen Figuren um, die oft bis ins Wasser reichenden, tief hängenden Äste zeichnen abstrakte Gebilde furchterregender, ja mythologischer Art. Und denen der Wind Leben einhaucht. „Richard, Lyrik ist jetzt sicher nicht angebracht," sagt er laut, auch um sich Mut zu machen.

Richard ist verzweifelt! Franz, am Telefon, er kennt Josef's Teich am besten, warnt ihn zu nahe ans Ufer zu gehen. „Richard, pass auf, das Ufer kann abbrechen, da rutscht man leicht samt der durch den Starkregen erweichten Erde ins Wasser hinein!"

Franz möchte am liebsten sofort nach Hause fahren! Erst den nächsten Zug am Morgen wird er nehmen können.

Er sieht keinen anderen Weg, er muss die Polizei verständigen. Auch lässt die Taschenlampe schon nach. Über die Polizei-Notrufnummer 133 wird er mit der zuständigen Stelle verbunden, gibt an, wo er sei, und er befürchte das Schlimmste!

20, 30 Minuten später, in der Finsternis tauchen Wagenlichter auf, die wie Kugelblitze auf und nieder hüpfen, die sich zu ihm hinbewegen. Die zwei etwas genervten, müde wirkenden Polizisten steigen aus, die eine ist eine eher noch junge Beamtin. Wirkt bei dem schaurigen Licht noch wie ein Mädchen! Sie schälen sich aus dem Streifenwagen, sie haben aber stark und weit strahlende Lampen. Richard ist schon etwas beruhigter, als die zwei Beamten zu ihm treten, „Bin ich froh, dass Sie kommen, allein ist es schon teuflisch entrisch hier!"

Nachdem sich Richard vorgestellt und geschildert hatte, wer Preinschmidt ist und warum er hierher allein gefahren war, suchen sie das Fischwasser ab.

Richard erzählt, „dieser Teich ist eigentlich nicht der Teich vom Josef Preinschmidt, Preinschmidts Teich ist der obere, an dem Sie ja gerade entlang gefahren sind. Da hab ich zuerst geschaut, aber nichts gefunden. Und Josef würde nie sein Auto hier, noch dazu beim Teich unterhalb, stehen lassen und zu Fuß nach Hause gehen. Ist auch etwas weit bis Neuwaldegg!"

Den leeren, unverschlossenen Wagen durchsucht der Polizist noch, der Schlüssel steckt im Zündschloß! Im Kofferraum liegt eine längliche leere Stoffhülle, wie die eines Gewehres.

Angestrengt leuchten sie die Umgebung des Autos ab, dann das Wasser, getrennt, mit den starken Lampen bewaffnet jede kleine Bucht, jeden Busch am Rand! Ein paar tote, offenkundig angeschossene Enten haben sich in den Büschen am Rand verfangen, Richard kennt den Josef gut genug, er hätte geschossenen Enten sicher mitgenommen. Vielleicht als Ergänzung zum Speiseplan im Lokal, er kann so herrliche Entenbrust auf den Tisch bringen. Josef Preinschmidt muss noch hier sein! Ist er verletzt und irgendwo liegen geblieben?

Die Polizistin, mutiger als Richard gewesen war, ist schon weiter nach unten gegangen, auch sie ganz bei der Sache. Ihr Kollege ist teichaufwärts gegangen, Richard, etwas unschlüssig, mit einer der neuen, starken Polizeilampen ausgestattet, versucht das gegenüberliegende Ufer auszuleuchten. Das Wasser ist so schmutzig braun, immer wieder sieht er vom Regen eingeschwemmte Äste, kleine Stämme im Wasser tümpeln, Gestalten vortäuschend.

Er war etwas hinter der Polizistin zurückgeblieben, beschleunigt nun seine Schritte, irgendwie bewundert er sie, die so angstlos sich verhält. „Kaum zu glauben, wie Sie sich verhalten," als er sie wieder erreicht hat, „haben Sie gar keine Angst? Vor den Buschgeistern!"
„Glauben Sie an sowas? An Geister? Sie sind doch ein Doktor!"
„Als ich zuerst noch allein war, habe ich mich schon etwas mulmig gefühlt, das gebe ich zu. Jetzt mit Euch fühle ich mich wieder mutiger. Ist ja nicht gerade alltäglich für mich, um Mitternacht an einem finsteren Teich spazieren zu gehen!"

Sie leuchtet sich mit der starken Lampe von unten ins Gesicht, „Schau ich wirklich so mutig aus? Fühlen tu ich mich ja absolut nicht so!"
„Und ich schon gar nicht", ihr nettes Gesicht betrachtend, „der Schatten Ihrer Nase ist ja kolossal", lächelt er, „der reicht bis in die Schirmkappe hinein."
„Gut, dass Sie keinen Hut tragen! Der würde Sie viel gefährlicher erscheinen lassen! Noch, Herr Doktor, sind Sie der einzige Hauptverdächtige!"
„Da bin ich aber froh, dass ich Hüte nie mögen habe. Diese entrische Situation hier am Teich erinnert mich an eine Szene: „Mein schönes Fräulein, darf ich wagen, meinen Arm

und Geleit", da fällt die Polizisten in seine Rede, „Bin weder Fräulein, weder schön, kann jetzt noch lange nicht nach Hause gehen! "

Herr Dr.Schubert ist etwas perplex, redegewandt und belesen ist die Frau Inspektor! Hat ihren ›Faust‹ intus!! Da fragt er sich schon, was sie da bei der Polizei macht?

Die Frau Inspektor lacht leise, „haben Sie geglaubt, wir von der Polizei sind völlig unbedarft?"

Sie wendet sich wieder dem nächsten Uferabschnitt zu.

Einige Minuten später ruft sie: „Kommen Sie, da ist etwas". Sie schwenkt ihre Lampe, sie war schon wieder einige Meter weiter, das Licht blitzt nun zwischen den Büschen auf. „Bitte rufen Sie meinen Kollegen!"

„Ein längliches Etwas ragt hier unter den Baumästen hervor", ruft sie recht aufgeregt, „wie ein Bein in einem Overall und Stiefel!"

Ihr Kollege ist nachgekommen, etwas atemlos ruft er, „Das ist ein Mensch, zumindest ein Teil eines Menschen!", zückt sofort sein Diensttelefon und meldet den Fund.

„Bitte, alle zurück auf den befestigten Weg, keine Spuren verwischen", alarmiert er, dessen Erfahrungen mit aufgefundenen Leichen wahrscheinlich doch noch recht begrenzt sind. Aber er erinnert sich, dies zumindest in der Polizeischule so gelernt zu haben.

Seine Kollegin geht zum Streifenwagen und kommt mit einer Rolle Plastikband zurück, eifrig bringt sie dieses quer über den Weg an.

„Keinen Schritt weiter! Mit oder ohne ›Faust!‹"

Am Rande der Absperrung stehend warten sie, bis das Einsatzkommando eintrifft, die Polizistin immer mit dem Telefon am Ohr, sichtlich das Kommando herlotsend.

Es dauert keine 20 Minuten, und die ganze bisher so einsame Umgebung ist in blaues Blinklicht getaucht, drei Einsatzwagen sind, soweit dies hier möglich ist, mit einem Höllentempo zu ihnen unterwegs. Ist doch recht gespenstisch, denkt Richard sich, schaut aber doch eigentlich irre aus, diese wild rotierenden Blinklichter in dieser fast kompletten Finsternis.

Im ersten Wagen, ein ziviles Gefährt, sitzt Schilling. Und er ist doch recht froh, aus dem Büro herausgekommen zu sein! „Ein wenig frische Luft wird mir ja gut tun", meint er beim Aussteigen.

„Das ist ja richtig entrisch hier, Kollegen, wo ist der Whiskeyschmuggler mit der Harpune im Rücken, wie beim guten alten Edgar Wallace?", spricht er die zwei schon vor Ort seienden Polizisten an, „da habt Ihr Euch aber eine schicke Gegend ausgesucht!" Schilling ist gut drauf, der ‚Akten-Bearbeitungs-Abend' hat doch ein in seinen Augen perfektes Ende gefunden.

„Guten Abend, Frau Kollegin, Entschuldigung, hab Sie nicht gleich richtig zuordnen können, kann mir denken, dass Sie das Bein gefunden haben, Frauen sind immer etwas neugieriger", seine Scherze sind ja schon polizeibekannt! Trotzdem, einen zweiten Blick riskiert er doch noch, zur jungen Kollegin!

Der andere Polizeiwagen, so ein großes Einsatzfahrzeug, entleert gut 6 Mann, die sofort alles absichern und mit starken Lampen ausleuchten. Dahinter die Rettung, aus der die Sanitäter mürrisch aussteigen. „Sind etwas zu spät dran, kein Job mehr für uns!" Ein Blick zum Ufer ist ausreichend für ihr Statement. „Da können wir gleich zurückfahren", meint der Sanitäter frustriert. „Da werdet Ihr einen Leichenwagen brauchen!"

„Und wer sind Sie", wendet er sich an Richard, nachdem er sich selbst vorgestellt hat: „Schilling, Doktor, Kommissar"!

Er gibt Bericht über sich, und bringt nochmals die ganze Geschichte, rasch, seine Sprache beschleunigend, kann er trotzdem die Ereignisse sehr verständlich schildern. „Und, damit ich es nicht vergesse, Herr Preinschmidt hat einen Sohn, den Markus Bauer, unehelich, aber der einzige mir bekannte Blutsverwandte."

In wenigen Minuten haben die Beamten den Toten aus dem Gebüsch vorsichtig freigelegt und aufs Ufer gezogen, die Leiche mit dem Gesicht nach unten liegend, wie sie auch im Gebüsch festgehängt gewesen war. Leise sagt Schilling makaber, „Oj, doch keine Harpune im Rücken!"

Der Mann hat diese typischen Fischerhosen, Wathosen, an, die integrierten Stiefel hat ja die junge Polizistin bemerkt, oben eine Jacke mit Kapuze, in einem grünlichen Ton, offen getragen, alles stark verschmutzt. Diese Hosen gehen bis zum Oberkörper und sind hier meisten etwas zu weit, mit breiten Hosenträger verbunden, aus dieser Hose läuft noch immer Wasser aus. Der Tote liegt mit dem Kopf Richtung Teich leicht bergab.

„Wenn in die obere Hosenweite das Wasser einläuft, füllen sich die wasserdichten Hosen und es ist kaum mehr möglich sich zu bewegen, zu gehen, man ist wie ein riesiger Wassersack." Schilling doziert sein spärlich vorhandenes ‚Fischereifachwissen'.

„Und den empfohlenen Gürtel zum Verschluss der über Bauchniveau liegenden Öffnung, ja den nehmen die meisten nicht! Der hier leider auch nicht!"

„Holt den Medicus," ruft Schilling, „und den Bestattungswagen", fügt er hinzu, direkt zur Polizistin gewandt, ihren Kollegen ignoriert er völlig.

Diese meldet, wie aus der Pistole geschossen, „Herr Kommissar, das hätt ich schon veranlasst!" Und setzt nach, „auch die Feuerwehr ist informiert! Die muss ja versuchen, aus dem Teich die Tatwaffe zu bergen, eventuell auch den Teich abzupumpen", was dem ‚Schilling, Doktor, Kommissar' trotz der traurigen Situation ein Lächeln abringt.

„Sie sind ja eine ganz flotte Kriminalistin, denken gut mit! Warum fahren Sie dann noch mit dem Streifenwagen durch die Gegend, Sie wären doch besser in meinem Team aufgehoben! Sehen wohl ständig die CSI-Serien aus Amerika!"

Richard glaubt, dass trotz der Beleuchtung eine Rötung im Gesicht der Polizistin zu erkennen ist, was Schilling nur flüchtig in dem unnatürlichen Licht der starken Lampen sehen kann. Er ist schon wieder mit der Erforschung der Umgebung beschäftigt.
Dr. Richard Schubert gesellt sich zu ihm, diesen Mann findet er faszinierend, der weiß, was er will, und ist einem Scherz trotzdem nicht abhold.

Als Richard näher zur stark verschmutzen Leiche will, um zu sehen, ob es Josef ist, bekommt die junge Polizistin, sie gehört nicht zu den oft so unweiblichen im Polizeidienst stehenden Amazonen, eher zart, schmal, fast einen Anfall und ruft sehr bestimmend: „Halt, weg da, Sie können da nicht hin, da ist abgesperrt, da müssen zuerst der Gerichtsmediziner und die Spurenleute hin!" Richard ist durch die Polizei immer rasch einzuschüchtern, wagt aber zu sagen, „Wär doch wichtig zu wissen, ob dies wirklich mein Freund Josef Preinschmidt ist!"

Da dreht sich Schilling um und sagt, „Hat schon recht, zuerst muss alles untersucht werden, die Kollegin ist ganz schön auf Draht!", schmunzelt er. ‚Die ist ja super, gefällt mir, wie sie sich gleich richtig durchsetzt, und', denkt er halblaut, ‚so auch noch!'

Für Richard, aus der Entfernung, schaut die Leiche schon irgend wie Josef aus, wenngleich ihm weder diese Fischerkleidung bekannt ist noch er dessen Gesicht erkennen kann.

„Warum die immer mit dem gesamten Tütü und Trara anrücken, versteh ich nach so vielen Jahren noch immer nicht. Toter als tot kann man nicht werden," vermeldet Schilling.

Nun hat sich schon ein ganzer Fuhrpark angesammelt, weiße Männchen in ihren Overalls mit Kopfabdeckung schwirren herum, alles ist mit Starkstrahler ausgeleuchtet. Wenn es nicht so traurig wäre, irgendwie fühlt sich Richard wie am Set eines Kriminalfilmes. Er kann es sich nicht verbeißen, zu Schilling zu sagen, „Sie sind aber nicht etwa Sherlock Holmes? Oder doch eher Hitchcock? Und der Klappstuhl für die Regie fehlt noch! Regieanweisungen geben Sie ja schon sehr direkt! Besonders an die weibliche Hauptdarstellerin!"

Die Replik kommt sofort: „Morgen Vormittag kommen Sie zu mir in die Polizeidirektion, hier meine Karte. Es wäre nun besser, wenn Sie heimfahren, Sie Dr. Watson!!"

Nachdem Richard ihm noch die Telefonnummer des Markus Bauer gegeben hatte, ist er eigentlich ganz froh, von hier weg-zukommen. Es ist doch schon weit nach Mitternacht geworden, er ruft noch Franz an, um ihm alles, was gesche-hen ist, zu berichten, Michi soll schonend von ihm unterrichtet werden, ist sicher besser. Und seine Mimi? Bei der wird er ja gleich sein, wird vernünftiger sein, wenn er erst daheim mit ihr spricht, sie wird sich sicher schon niedergelegt haben. Auf das sich an Mimi Ankuscheln und ihr ins Ohr die Erlebnisse ihres ach so tapferen Mannes zu flüstern, freut er sich jetzt schon.

Beim Heimfahren versucht er noch, Markus, den leiblichen Sohn des Josef zu erreichen, der sich aber nicht meldet.

## 5

Im nahen Zisterzienserkloster ist Markus Bauer als Mitarbeiter in der Verwaltung der Klostergüter tätig, 28 Jahre alt, unverheiratet, hat das BWL-Studium mit viel Ach und Weh abgeschlossen. Und lebt mit einer jungen Frau zusammen, die ihr Herkommen aus dem Pratermilieu nicht verbergen kann. Eigentlich stammt sie aus Rumänien und war vor Jahren angeblich von Mädchenhändler nach Wien gebracht worden, die alles den armen Mädchen versprechen, die dann aber doch meist am Strich enden. An sich wäre Milica ein ganz nettes Mädchen, hat den Markus völlig unter Kontrolle, fast noch mehr als seine Mutter es gehabt hatte.

Als Richard zur mit Schilling vereinbarten Stunde in der Polizeidirektion auftaucht, trifft er auf Markus, der ebenfalls hierher bestellt worden ist. Sehr befreundet ist Richard mit Markus ja nicht, sie haben sich nur ein- oder zweimal bei einem seiner seltenen Besuche beim Vater gesehen.

„Hallo Doc", ruft er ihm schon von Weitem entgegen, „sind Sie auch herbestellt worden? Um was geht es, wissen Sie was Genaueres?"

„Ich denke, man wird es uns gleich sagen!"
Richard hasst es, mit „Doc" angesprochen zu werden!
Es dauert nicht lange und Markus Bauer wird in den Raum geleitet.

Nach Aufnahme der Personalien wird er zum Kommissar gebracht. Schilling stellt sich korrekt vor und zeigt Markus einige Fotos von Josefs Leiche, die er als seinen Vater identifizieren kann.

„Also", beginnt Kommissar Schilling, „Ihr Vater ist heute Nacht in dem Fischteich aufgefunden worden, soweit wir es bis jetzt wissen, scheint er dort ertrunken zu sein. Ich muss Ihnen unser Beileid aussprechen. Die endgültige Leichenschau ist aber noch nicht beendet. Nur für den Akt: Wo waren Sie gestern, Dienstag und am Montag?"

Markus wirkt zwar etwas erschüttert, dem erfahrenen Kommissar aber scheint dieser Schmerz etwas gespielt, irgendwie unecht.

„Hat's ihn endlich erwischt, den alten Mann! Sie werden wohl nicht erwarten, dass ich darüber übertrieben traurig bin, nach dem was er uns, meiner Mutter und mir, angetan hatte!"

„Ich glaube, es wäre sinnvoll, wenn Sie dies alles uns erzählen", nickt er einem seiner Mitarbeiter zu, „Herr Inspektor Hermann wird sich etwas genauer noch mit Ihnen unterhalten!"

Nachdem Inspektor Hermann mit ihm in einen Nebenraum gegangen ist, wird Richard hereingerufen.

„Wir kennen uns ja schon, Dr.Watson!"

Richard kann sich das Lächeln nicht verbeißen und schießt zurück, „Und ist die junge Polizistin schon unter Ihre Fittiche geschlüpft? Hat ja heute Nacht mich gehörig beeindruckt, wie Sie sie gelobt und verteidigt haben! Ich hatte den Eindruck, dass sie bald hier auftauchen könnte, strafversetzt wegen zu großen Wissens und Eifers!"

„Ah, der Herr Doktor Watson ist nicht nur anerkannter Arzt, nein, schlagfertig ist er auch noch!" Auch Schilling kann dagegen halten! Beide denken sich, das kann ja heiter werden, wenn der Anlass nicht so traurig wäre!

Auch ihm werden die Hochglanzfotos von der Leiche vorgelegt, und auch Richard identifiziert diese als Josef Preinschmidt. „Was ist eigentlich geschehen? Weiß man schon etwas mehr?"

„Herr Doktor, die Fragen stellen noch immer wir! Ich bitte Sie, uns nun genau zu berichten, was in den letzten Tagen vorgefallen ist! Wir müssen bei jedem noch ungeklärtem Todesfall, auch wenn es nur um einen Unfall handelt, einen Akt anlegen. Und wie die Bevölkerung annimmt, ist dies doch unsere Hauptbeschäftigung, Akten anzulegen und deren Staub zu fressen!"

Der Kommissar wirkt sehr ernst, aber kaum geknickt durch den Tod eines Menschen. Richard überlegt, wie oft mag dieser Polizist da ihm gegenüber schon ähnliche Fälle bearbeitet haben, und trotzdem wirkt er nicht abgestumpft.

Richard berichtet, dass er Josef schon seit Jahren kenne und mit ihm sehr gut befreundet sei, ebenso wie Frau Dr. Mimi Schubert, seine Gattin. Sicherheitshalber fragt Schilling, ob er, Richard, einverstanden ist, dass das Gespräch auf Band aufgenommen wird.

„Ich, wir sind schon sehr eng befreundet gewesen, Josef war der perfekte ältere Freund, dem man alles Mögliche anvertrauen konnte. Aber auch Josef hat mir viel erzählt, Josef hatte mir mehr anvertraut als so manchem anderen. War ja auch sein Arzt gewesen!"

Über die Skizzierung der Beziehung von Josef Preinschmidt zu Michi und Franz geht er auf den Sonntagabend ein. Richard hält sich nicht lange bei der Opernaufführung auf, da fällt Schilling ihm ins Wort, „Ich bin auch so ein fast fanatischer Opernfan, da haben wir ja etwas gemeinsam!"

Er vergisst auch nicht, was Preinschmidt ihm vom Sonntag Mittag erzählt hatte. Dass sich 2 unerfreuliche Gäste im Lokal befunden haben, die, wie er vom Josef gehört habe, zu Michi sagten, dass sie sofort entlassen wird, wenn ihnen dann einmal das Restaurant gehören wird. Auch von Josefs Besuch beim Notar berichtet er, wobei er betont, dass Josef nur ihm dieses Geheimnis gesagt habe, nicht einmal Michi und Franz seien davon informiert! Er wollte noch bis zu deren Hochzeit damit warten. Kurz streift er auch die sehr frische Bekanntschaft von Josef zu einer unbekannten Dame, da habe er aber keinen Einblick.

Richard kann aber seine Liebe zur Oper nicht unterdrücken. Er muss, wenn er einen anderen Opernsüchtigen vor sich hat, auch davon reden. Da kann er schon sehr rasch weitschweifig werden, der Kommissar schaltet das Bandgerät ab, „Sonst muss die arme Sekretärin dies auch noch abtippen! Ich bin auch häufig in der Oper, was haben Sie beide gesehen?"

„Turandot, war recht gut gesungen! Meine Frau Mimi hatte Nachtdienst im W.-Spital, Preinschmidt wolle, wie er sagte, sie würdig ersetzen. Da hab ich ihn doch korrigieren müssen, er könne meine Mimi bestenfalls vertreten, meine Mimi ist durch nichts und niemand zu ersetzen. Und schon gar nicht in der Oper. Vielleicht kommen wir einmal dazu, wenn Mimi dabei ist, Ihnen die Geschichte des Kennenlernenes in der Oper zu erzählen. Und mit Josef bin ich auch in unserer, ‚Mimis und meiner Loge' gesessen! Herr Kommissar, wir können ja einmal gemeinsam gehen, da kann uns nichts, aber auch gar nichts passieren, eine Neurologin, ein Kriminalkommissar, ein Internist ! So sicher wären wir noch nie gewesen! Naja, das hat mit dem tragischen Tod unseres Josef wirklich nichts zu tun. Und danach waren wir noch beim Petzner hinter der Oper zum Essen. Der Josef und der Petzner sind alte Kollegen, gute Freunde!"

‚Man merkt schon,' denkt sich Schilling, ‚das ist ein intelligenter Mann, der die wesentlichen Dinge rasch und verständlich darlegen kann. Und ein Mann, der auch Freude an einem Diskurs zeigt!'

Das Telefon am Schreibtisch läutet, Schilling hört aufmerksam zu.

„Herr Doktor Schubert, ich wurde soeben informiert, dass Herr Preinschmidt keines natürlichen Todes verstorben ist!" Er gibt diese Nachricht auch dem Kollegen weiter, der noch mit Markus Bauer im Nebenraum spricht.

„Was denn?", ruft Richard, „was heißt das?"

„Sie werden sich denken können, dass Herr Preinschmidt ertrunken ist, aber es sieht so aus, dass da durch jemand nachgeholfen worden ist!"

„Verstehe dass Josef ertrunken ist, wird wohl, so meine Theorie, dem Teichrand zu nahe gekommen sein, ist ausgeglitten und hat sich angeschlagen, dann ist er bewusstlos geworden und dadurch ertrunken!"

„So hätte ich es mir heute Nacht auch zurechtgelegt, aber", es läutet wieder, Schilling hört aufmerksam zu, bedankt sich und legt auf.

„Wir müssen das Fischwasser, alle drei Teiche, nochmals genau absuchen, mehr kann ich Ihnen momentan noch nicht sagen!"

„Auch ist es für mich nicht nachvollziehbar, dass er im fremden Teich aufgefunden worden war! Und sein Auto ist auch beim zweiten, dem mittleren Teich gestanden! Was hat er denn dort verloren gehabt!"

Richard ist von der Art des Kommissars sehr beeindruckt, ein so korrekter, sichtlich hochintelligenter Mann! Ist auch Doktor, denkt er sich, wohl Jurist!

Schilling hat jedenfalls zu Richard ein wenig Vertrauen gefasst, seinem Gefühl nach ist er keinesfalls unter ‚verdächtig' einzustufen. ‚Wäre doch gut, ihn mitzunehmen, hinaus zu den Teichen, könnte ihn dann beobachten, ob ich ihn ausschließen kann!'

„Herr Dr. Schubert, haben Sie noch Zeit, mit mir hinauszufahren?"

„Gern, müsste aber noch in meinem Krankenhaus anrufen und Bescheid geben, dass ich heute nicht mehr komme. Kann ja sagen, dass ohne mich die Wiener Polizei völlig aufgeschmissen ist! Auch meine Frau muss ich informieren, wenn Sie damit einverstanden sind!"

„Na klar, bin zwar ‚ewiger' Junggeselle, kann aber dies schon verstehen. Und so wirklich aufgeschmissen sind wir ohne Sie doch nicht, ich meinte eigentlich, dass wir dann noch über den Verstorbenen weiterreden könnten, na ja, auch ein wenig über ‚Aus Burg und Oper'! Können Sie sich noch an den Heinz Fischer-Karwin erinnern? Die Kultursendungen, ein wenig arrogant war er schon!"

„An spätere Wiederholungen kann ich mich noch entsinnen. So wunderbares, makantes Hochdeutsch ist schon selten! Da hab ich doch erst kürzlich gelesen, wie schlecht doch so mancher unsere Moderatoren heute zu verstehen ist. Einer besonders verschluckt so gerne ganze Silben, auch Wörter!"

Schilling stimmt ihm zu.

„Auf geht's, Dr. Watson!"

## 6

Während Richard still neben dem Kommissar sitzt, beginnt dieser zu sprechen: „Sie sind ja ein echter Doktor, ein Arzt, Sie werden sich fragen, woher mein ‚Doktor' kommt? Dass ich mich über Sie schon erkundigt habe, können Sie sich ja denken." Er lacht auf, „Sie sind polizeilich ein ausgesprochener ‚Nobody', nicht einmal Verkehrsstrafen scheinen auf! Sagen Sie einmal, haben Sie nie etwas angestellt? Das muss doch langsam recht fad werden!"

„Na ja, Ihnen als Mord-Kommissar kann ich es ja beichten, die eine oder andere Dame hab ich schon auf dem Gewissen! Frauenherzen hatte ich schon einige gebrochen, oder diese mein Herz, so was wird aber doch nicht aktenkundig! Und strafbar laut dem Allgemeinen Bürgerlichen Gesetzbuch wird dies ja nicht gewesen sein! Oder würde ‚Herzbrechen' eher nach dem Strafgesetzbuch zu behandelt sein?"

„Alles war natürlich lange bevor ich Mimi, meine geliebte Frau, kennengelernt hatte", lacht er dann noch.

Schilling, belustigt, feixt vor sich her, „Ich auch, und auch umgekehrt!"

Und dann fügt er zu, „ich habe in Cambridge studiert, englische Philologie, ein bisschen auch Germanistik, lachen Sie bitte nicht, ich habe mich im Studium mit allem möglichen beschäftigt, sogar Kriminalistik war dabei. Konnte damals, da war ich dann schon Dozent, einige recht informative Werke verfassen, alles in Englisch. Bin aber dann doch in die Heimatstadt der Eltern zurück, die Eltern sind verstorben, und mit englischer Philologie konnte ich hier überhaupt nichts anfangen. In den Lehrberuf wollte ich auf keinen Fall wieder!"

„Das kann ich mir so lebhaft vorstellen, meine Schwester und ihr Mann sind Mittelschulprofessoren in der Steiermark! Muss immens belastend sein, zu unterrichten!"

„Wissen Sie, hab mir damals gedacht, Polizei wäre was Interessantes, da tut sich wenigstens was! Da hab ich mich beworben und, da ein Buch von mir sich auch mit Verbrechensaufklärung, besonders der Motivforschung und so beschäftigt hatte, und unser Präsident sehr belesen ist, bin ich gleich genommen worden. Ich glaub noch immer, dass die da oben in der Polizeidirektion nicht ganz verstanden haben, was mein Titel bedeutet: Dr.phil., also Doktor der Philosphie, haben dies wahrscheinlich mit Dr.jur. verwechselt!", lacht er aus vollem Hals!

„Und nun bin ich zum Chef einer Kriminalabteilung aufgestiegen, ich werde dem Polizeipräsidenten nun sicherlich den Unterschied nicht mehr erklären!"

„Würd ich an Ihrer Stelle auch nicht, wichtig ist, dass Sie Ihren Job gut machen!"

„Wie lange sind Sie schon verheiratet, Herr Dr. Schubert?"

„Seit fast genau ein Jahr", erwidert Richard.

„Na, da haben Sie aber auch lange sich bemüht, bis Sie die Richtige gefunden haben! Mir ist das verwehrt geblieben, die passende Nadel aus dem riesigen Heuhaufen Wien herauszusuchen," und lächelt still, etwas traurig vor sich hin. „Gesucht hätte ich schon einige Male, war wohl nie die wie für mich geschaffen dabei! Die eine oder andere Nadel war sogar recht hübsch, aber wohl zu spitz für mich!"

Inzwischen ist Schilling beim Teich angelangt, er ist noch sitzen geblieben, wollte wohl das Gespräch nicht so abrupt abbrechen lassen.

„Und nach was suchen wir hier?", fragt Richard.

„Ich weiß es eigentlich auch nicht, irgendein Stück Holz!"

„Können Sie, oder besser, dürfen Sie mir sagen, warum doch Fremdverschulden angenommen wird?"

„Eigentlich nicht, eigentlich darf ich nicht mit Ihnen darüber reden. Aber, Sie dürften doch aus dem Kreis der Verdächtigen ausscheiden, was für ein Motiv hätten Sie? Wissen Sie, die Motivforschung ist eines meiner Hobbies geworden, da kenn ich mich wirklich aus!"

„Da haben Sie recht, ich erbe nichts, ich hätte keinerlei Vorteile aus der Tat! Nur Nachteile, ich habe einen meiner liebsten Freunde verloren, der noch dazu ein Spitzenkoch ist, war! Muss wohl ein großer Philosoph gewesen sein, der sagte, das Leben sei zu kurz, um schlecht zu essen!"
„Vita brevior quam ut malos cibos capias!"
„Wow, sind Sie in Latein so gut drauf? Von wem ist das Zitat?"
„Von mir! Hab es einfach so übersetzt!"
„Also kein Italiener oder Franzose?"
„Den Spruch gibt's überall!"
„Haben Sie einmal bei ihm, beim Josef, gegessen, er war so irrsinnig kreativ!"

„Und eins noch, für Frau Michaela Kunz und ihrem Verlobten Franz Kugler leg ich meine Hand ins Feuer! Die können Sie gleich einmal von Ihrer Täterliste streichen, Mimi, meine Frau und ich bürgen für die beiden!"

„Ja, vor etwa 6, 8 Wochen war ich zuletzt bei ihm, hab mich damals furchtbar ekelig gegenüber meiner weiblichen Begleitung benommen, von der ich seither nichts mehr gehört habe. Naja, war nicht so schade um sie! Den Herrn Preinschmidt hab ich immer sehr sympathisch empfunden, auch die junge Dame! Dachte damals, ob die wohl zueinander gehören?"

„Für Josef ist, ach Gott, war Michi wie eine Tochter, die er nie haben konnte. Josef erzählte mir, da sei vorige Woche ein

Gast bei ihm gewesen, der ihn fragte, ob seine junge Frau, der man die Schwangerschaft ja schon etwas angesehen hatte, das erste Kind erwarte? Josef habe damals fast Freudentränen in den Augen gehabt, so stolz war er auf die Michi!"

„Schauen wir uns einmal um! Wir suchen irgend etwas aus Holz, mit ein bisschen weißer Farbe drauf! So einen angestrichenen Schlegel, schweren Stock, wie eine Keule oder so was Ähnliches. In der kaum richtig sichtbaren Wunde am Hinterkopf fanden sich ganz kleine Holzsplitter und etwas weiße Farbe. Da er bis eineinhalb Tage dort im Wasser gelegen ist, war natürlich die Haut stark aufgequollen. Aber er war mit dem Gesicht im Wasser, die Wunde ist aber am Hinterkopf, sodass diese nicht so sehr durch das Wasser verändert worden ist. Ich hatte diese kleine Wunde eigentlich nicht beachtet, dachte mir eher, dass er beim Stürzen mit dem Hinterkopf auf einem Stein gelandet sei. Aber dann würde er doch eher nicht mit dem Gesicht nach unten im Wasser gelandet sein!"

„Und noch etwas, eigentlich dürfte ich dies Ihnen auch nicht sagen, im Haus des Preinschmidts haben wir einen Gewehrschrank gefunden, es fehlt aber das Gewehr! Für dieses hatte Herr Preinschmidt auch einen Waffenschein. Nach den noch vorhandenen Patronenschachteln zu schliessen, dürfte es sich um eine Schrotflinte gehandelt haben, wussten Sie davon, dass der Getötete ein Gewehr hatte?"

„Ich glaube mich zu erinnern, dass er vor längerer Zeit einmal sagte, dass er immer wieder Wildenten oder andere Vögel abschießt, die sonst die kleinen frisch ausgesetzten Fische zu stark dezimieren!"

„Und die Flinte ist ebenfalls nicht auffindbar!"

„Wie ich gestern Nacht bei Josef war, um ihn zu suchen, ist mir aufgefallen, dass sein Land-Rover in der Garage gestanden ist, mit dem fährt er doch sonst immer hierher! Das letzte Mal, als Mimi und ich mit Josef hierhergefahren sind, fuhren wir mit dem Rover, etwas klapprig war aber der schon!"

„Auch das bereitet mir Kopfzerbrechen," antwortet Schilling.

Trotz großer Genauigkeit beim Suchen finden sie nichts, auch nichts im oberen, Josefs eigenen Teich, auch im unteren findet sich nichts. Holz müsste doch schwimmen!

Wo ist das Gewehr? Kann es sein, dass Josef Preinschmidt damit niedergeschlagen worden war, wenn man die Flinte wie einen Schlegel benützt! Aber die weiße Farbe? Von woher kommt dann diese? Kein Gewehr ist weiß! Ist das Gewehr im Teichschlamm versunken? Der oberste und der mittlere Teich sind Naturteiche, keine in Betonbecken gefasste Zuchtwasser, wie der unterste.

Schilling bemerkt dann bei diesem Letzteren, dass hier ein Teil des Bachwassers in den Zuchtteich abgeleitet ist. Der kleinere Teil jedoch am Fischteich vorbei völlig frei in einen kleinen länglichen See läuft. Von dem dann das nun schon kleine Flüsschen Richtung der nicht mehr so entfernten Donau fließt und in diese über einen Altarm einmündet.

„Nehmen wir mal an, dass der „Täter" das Holz hier hinein-geworfen hat, dann ist dieses Holzstück schon längst über Bratislava hinaus, da finden wir es sich sicher nicht mehr."

Trotzdem ruft er in seiner Dienststelle an, dass die Kollegen mit Bratislava Kontakt aufnehmen sollen.

„Ich glaube, mehr können wir hier nicht mehr machen, fahren wir zurück. Haben Sie noch Zeit? Ich will noch kurz in das Haus in Neuwaldegg fahren."

„Ja, hab mir für heute im Spital freigenommen. Hab einfach meinem Chef gesagt, ich wäre in einem Mordfall ein wichtiger Zeuge und mein Kommissar brauche mich, da ist mein Chef sofort einverstanden. Wird wohl von mir einen authentischen Bericht erwarten, mehr als in der Zeitung stehen wird, auch Chefs können sehr neugierig sein!"

In den gut 30 Minuten auf der Fahrt nach Neuwaldegg sprechen sie weiter. Richard von seiner Mimi, sein Hauptthema, dann auch vom Spital, er sei dort Oberarzt an der internen Abteilung und seine Hauptbeschäftigung die Gastro-Enterologie, besonders mit der Endoskopie beschäftige er sich.

Auch Schilling erzählt aus seine Zeit in Cambridge, er kann so spannende Geschichten bringen. Einige Male war er auch beim berühmten Bootsrennen zwischen Oxford und seiner Universität dabei, „aber nur als Zuseher, zum Rudern fehlten mir die nötigen Oberarmmuskeln. Das war jedes Mal ein Spektakel! Nach etwa 20 bis 30 Minuten war die Regatta vorbei, die Themse ist dort noch den Gezeiten unterworfen und die rudern mit der Flut stromaufwärts! Und danach waren nur mehr wenige der Kommilitonen nüchtern, was wir da getrunken haben! Das Bier floss in Strömen! Am ärgsten war es in Chiswick Eyot, ein Freund ist damals voll betrunken ins Wasser gestürzt und konnte gerade noch rechtzeitig gerettet werden, bevor ihn eines der Boote erwischt hätte!"

## 7

Im Haus vom Josef konnten sie keine wesentlichen Besonderheiten, die sie weitergebracht hätten, finden. Nur im Nachtkästchen entdeckt Schilling noch ein Foto mit einer sehr attraktiven Dame, „könnte dies die Dame sein, die Herr Preinschmidt kürzlich im Lokal kennengelernt hatte?" fragt Schilling.

„Hab sie leider nie gesehen, wir können aber Michi fragen!"

Zum Abschluss ihrer „Investigation Trial", wie Schilling den heutigen Tag bezeichnet, fahren sie noch zu Michi, die die Dame auf dem Foto als die, die Josef kennengelernt hatte, identifiziert. Einen Namen wisse sie aber nicht!

„Sie hat Josef direkt wegen der Tischreservierung kontaktiert, und er hat am Tischplan dann nur ein Kreuz gemacht, keinen Namen eingeschrieben. Hab mir aber dabei nichts gedacht."

„War für mich ein sehr informativer Tag mit Ihnen, Herr Kommissar, um einiges unterhaltsamer als in den Dickdarm hineinzuschauen!" ‚Vielleicht habe ich, nachdem ich Josef auf so tragische Weise verloren habe, einen neuen netten Bekannten gefunden, der wird auch Mimi sympathisch sein, bin mir sicher' überlegt Dr. Richard Schubert.

„Wissen Sie, wenn man den ganzen Tag nur mit Mediziner zu tun hat, können diese einem schon recht auf die Nerven gehen!"
„Ist bei mir nicht anders, manchmal, wenn ich nur das Wort ‚Polizei' höre, bekomm ich schon Magenkrämpfe!"
„Dann sollten Sie doch zur Gastroskopie kommen, vielleicht lacht uns der Helicobacter-pyloris-Keim an," meint Richard.

„So arg ist es aber doch noch nicht, dass Sie mir einen langen Schlauch in den Körper schieben", ‚ich glaube, diesen Mann muss ich mir warm halten! Mit dem kann man so herrlich, auch auf hohem Niveau, parlieren. Hab eh keinen wirklich ‚closed friend'. Bin schon auf seine Frau neugierig! Er spricht so nett über sie.'

„Ich muss noch in die Gerichtsmedizin, Watson, kommen Sie doch mit!" Und wird wieder ernst: „Eine gute Erfahrung!"

Der Kollege im Gerichtsmedizinischen Institut ist schon erstaunt, als Schilling mit dem Dr. Schubert auftaucht. Mit dem Kommissar hat er schon oft genug zu tun gehabt, dessen Eigenheiten sind ihm bekannt. Aber Schubert ist ein Neuling, den er doch etwas ausreizen möchte!
„Wollen Sie umsatteln? Es ist unheimlich spannend, die oft verschlungenen Ermittlungspfade der Herren und Frauen Kommissare zu durchkreuzen. Und wie sie dann reagieren! Wirklich faszinierend! Aber wenn Sie schon da sind, können Sie auch für mich was tun!"
„Umstattel zur Gerichtsmedizin? Da mach ich lieber freiwillig ein paar Gastroskopien mehr am Tag! Das Einzige, dass mich als Student in die Gerichts-Vorlesung geführt hatte, waren die Sensationen, die uns dargebracht wurden. Aber was kann ich für Sie tun?"

Mit einem Griff öffnet der Gerichtsmediziner die ominöse Kühllade, ‚warum ist als Erstes immer die Zehe mit dem Namensschild zu sehen', fragt sich Schilling.

Langsam schiebt sich die Lade heraus, er deckt den Kopf ab, und zeigt die kleine Wunde am Hinterkopf.
„Der Tote ist, wie Sie schon wissen werden, ertrunken. Das ist wohl klar und einfach zu beweisen." Fast genüsslich will der Forensiker auf die Zeichen des Ertrinkens eingehen, da wird er von Schilling schon unterbrochen, „Ja, wir glauben Ihnen das. Diesen Punkt können wir überspringen!"

Fast etwas eingeschnappt, seine Eloquenz unterbrechen zu müssen, „es wäre schon gut, was dazuzulernen. Den Forensiker im Fernsehen, ich glaub, in Münster, bindet der Kommissar auch viel mehr in die Ermittlungen ein! So wär es richtig! Nicht nur die Zusammenfassungen am Ende unserer Berichte lesen!"

„Hier wurde mit einem stumpfen Holzschlögel nachgeholfen, in der Wunde hier fanden wir auch etwas weiße Farbe! Aber daran ist er nicht verstorben! Der Schlag dürfte nicht stark gewesen sein, grad nur so, dass der Verstorbene bewusstlos geworden ist. Dann ist er nach vorne gekippt, mit dem Gesicht nach unten."

„Ja, das wissen wir", wirft Schilling ein. „Sie sind heute ärger als Ihr Münsteraner Kollege! Haben Sie auch so einen offenen Sportwagen?"

„Wir sind meistens genauer als die Polizei es will. Wäre schon für Euch einfacher, den Fall abschließen zu können", wendet er sich mit beißendem Ton an Schilling.

Zu Schubert gewandt, fragt er, „Herr Kollege, waren Sie auch sein Arzt?"
„Ja, Herr Preinschmidt ist auch mein Patient gewesen!"
„Dann wird es Sie wohl interessieren, was ich noch gefunden habe: Erstens, ein kleines Prostata-Carcinom, eher unbedeutend noch. Aber dann noch etwas anderes!"
„Sie wollen sich heute wieder endlos produzieren", ätzt der Kommissar.
„Das ist doch wichtig, sehr wichtig sogar, auch für so einen Medizinignoranten, wie Sie einer sind!"
„Da ist Ihnen aber ein treffliches Wort entschlüpft", schießt Schilling zurück.
„Kann ich jetzt endlich dem einzigen Fachmann hier etwas Wichtiges mitteilen, Dr. Schubert kann es Ihnen ja dann noch genauer erklären!" Diese Diskussion wird, von beiden Seiten, mit einem Augenzwinkern abgeführt. Schilling kennt ihn schon lange genug, beide haben so ihre Freude am Schlagabtausch!

„Also, neben dem schon erwähntem, eher unbedeutenden Prostatakrebs", den vor sich hinbrummelnden Kommissar völlig missachtend, „hat er noch an Lungenkrebs gelitten! Mit Metastasen, für Sie zur Erklärung, geschätzter Herr Kommissar, Tochtergeschwulsten, in der anderen Lungenhälfte und auch schon in der Wirbelsäule! Endstadium! Na da schauen Sie aber, Herr Oberpolizist!"

„Und was bedeutet das für die Ermittlungen?"

„Er hätte nur mehr wenige Zeit für ein Testament gehabt", sagt der Gerichtsmediziner, worauf sich Schubert denkt, ‚auch nicht gerade die feinste Art, sich auszudrücken!'

„Ich muss davon ausgehen, dass er schon etwas gemerkt hat, wie es um ihn steht!"

„Wie lange hätte er noch zu leben gehabt?"

„Ein paar Monate, vielleicht ein halbes Jahr? Ein kleinzelliges Lungencarcinom in diesem Stadium ist kaum mehr einzubremsen. Dr.Schubert, hat er nie über Beschwerden geklagt?"

„Gesagt hat er nichts, vielleicht etwas müder hat er gewirkt. Und schnell dyspnoisch wurde er."


„Nun, besteht die Möglichkeit, wenn er es gewusst oder zumindest geahnt hat, dass auch Selbstmord vorliegen kann", Schilling überlegt, „wie kommen dann Holz und diese ominösen Farbteilchen in die Wunde am Hinterkopf?"

„Das ist nun Ihr Job, allseits verehrter Herr Kriminalkommissar! Selbst wird er sich wohl kaum auf den Hinterkopf geschlagen haben!"


Die beiden, der Kommissar und der Arzt, stehen vor dem Institutsgebäude. „Sie haben doch erzählt, dass er die Überschreibung seines Besitzes schon durchgeführt hatte. Dies spricht dafür, dass er Bescheid wusste. Deutete noch was darauf hin, dass er von seiner Krankheit gewusst hatte?"

„Sie haben dieses Foto von der Dame im Nachtkastel gefunden. Nach der Oper am Sonntag hat er mir von ihr etwas gesagt, ob es sich für ihn noch rentieren könnte. Hab dies aber nicht beachtet."

„Also, kein Selbstmord!"

## 8

Morgens, am nächsten Tag. Schillings Gedanken kreisen um sein Steckenpferd ‚Motiv', die zwei Oberinspektoren und er diskutieren den Fall.

1. Selbstmord scheidet aus. Auch wenn er von seiner Krankheit gewusst haben sollte.

2. Wer hat ein Motiv für die Tat. Und wenn, dann welches?

3. Wer scheidet mit größter Wahrscheinlichkeit aus.

Dr.Schubert, hat den Toten gefunden, hat aber keinen Grund ihn zu ermorden. Hat keinen Vorteil durch Preinschmidt Tod.

Michaela Kunz und ihr Franz: Er war nachweislich noch in Villach, die zarte Michaela Kunz ist schon körperlich nicht dazu fähig, ist auch schwanger.
Beide haben nicht gewußt, dass sie zu Besitzer des Lokales werden.

Wer bleibt verdächtig:
Markus Bauer:
Ist bis auf unwesentliche Verkehrsdelikte nicht amtsbekannt.
Was würde ihm der Mord bringen: Er meint, dass er alles allein erben wird, was aber nicht der Realität entspricht, was er aber (noch) nicht wissen kann. Ist abzuschätzen, ob und inwieweit seine Freundin Milica involviert ist?

Die unbekannte Dame vom Foto:
Zeigte sich an einer Beziehung zu Preinschmidt interessiert, wird doch daher kaum ein Motiv haben. Kennt auch seine

Gewohnheiten nicht. Und eine Frau als Täterin scheidet doch eher aus, jedoch nicht komplett.

Ein Unbekannter (einer der Gäste vom Sonntag, die so aggressiv waren):
Nicht ganz von der Hand zu weisen. Stammen aus einem östlichen Land.
Stellt sich hier eine Verbindung zu Milica her? Auch Milica ist aus dem Osten, sie ist aus Rumänien.

Angestellte im Restaurant: Preinschmidt war sehr beliebt bei den Mitarbeitern, er zahlt überdurchschnittlich gute Gehälter, keiner hatte ein Motiv. Durch Preinschmidts Tod verlieren sie auch ihren Job!

Wie Schilling es dreht und wendet, als Hauptverdächtiger verbleibt Markus Bauer!

Schilling geht nochmals das Vernehmungsprotokoll Markus Bauer durch, dass der vernehmende Beamte erstellt hatte:

 Herr Bauer gabt an, am Sonntag mit seiner Freundin abends im Kino gewesen zu sein, Kinokarten nicht mehr vorhanden, kann aber den Film recht treffend erklären. Ist dann nach Hause, Zeugin: Milica. Montag ab 10 Uhr im Büro gewesen, die Nachfrage im Kloster bestätigt dies. Montag abends und die Nacht war er zu Hause, Zeuge: Milica. Dienstag wieder Büro, danach in seinem Sportklub (Zeugen sicher zu finden, noch nicht durchgeführt).

Tatzeitpunkt etwa Montag am frühen Vormittag, durch die starke wasserbedingte Beinträchtigung der Leiche nur ungefähr anzugeben, aber in Verbindung mit den Angaben Dr.Schubert bzw. der Untersuchung des Hauses Preinschmidt ist der Tatzeitpunkt doch am ehesten mit montags frühen Vormittags anzunehmen. Aber auch nachmittags möglich, das würde Bauer von der Liste nehmen. Er war ab 10 Uhr im Büro. Hätte also nur zeitig morgens die Tat ausführen können.

Dass Preinschmidt sein normales Auto benützt hat, liegt daran, wie die „Spurenleute" sehr rasch herausbekommen haben, dass der Land-Rover nicht zu starten war, der Zündschlüssel steckte noch, die Batterie war leer. Er musste daher das normale Auto nehmen!

Wer wusste davon, dass Josef Preinschmidt zum Fischteich fährt? Eigentlich niemand, ausgenommen, Preinschmidt hätte jemand verständigt, ihm zu helfen, wenn ja: Wen? Franz ist in Villach. Markus?

Wo ist das Mobiltelefon von Preinschmidt: Wurde nicht gefunden.

Nachfrage beim Telefonunternehmen ist schon erfolgt, Preinschmidt hat am Sonntag spät abends versucht, Markus zu erreichen. Von Markus Bauer war der Anruf zwar entgegen genommen worden, die Anrufdauer aber sehr kurz, viel können sie nicht besprochen haben.

Schilling ist klar geworden, „das hat Markus Bauer uns nicht gesagt! Er hat also gelogen! Die Nachricht hat er uns unterschlagen! Warum? Oder hat er diesen Anruf wirklich einfach vergessen?"

„Aber haben wir schon genügend Verdachtsmomente gegen Markus Bauer, für eine Hausdurchsuchung? Nur weil er gelogen hat bzw. dies vergessen hat? Der Staatsanwalt wird es nicht bewilligen können! Wir haben keinen Beweis, dass Bauer beim Fischwasser gewesen ist. Laut Aussage des Klosters war er pünktlich zur Arbeit erschienen." Der Oberinspektor macht diese Zusammenfassung, an sich ist der immer etwas ruhiger, zurückhaltender, seine Statements sind aber meist treffend.

Inzwischen hatte sich Herr Franz Kugler, der Freund Michis und Vater ihres noch ungeborenen Kindes gemeldet. Er ist mit dem Zug angekommen und sofort in die Polizeidirektion gefahren, er kann unzweifelhaft beweisen, dass er zur Tatzeit in Villach gewesen war.

Schilling setzt sich auf die Spur von Milica. Ein Anruf bei Dr. Schubert bestätigt, dass er diese nicht kennt.
Über das Gesundheits- und Fremdenamt erfährt er einiges über ihre Vorgeschichte, sie war eine Hure gewesen, immer zu den vorgeschriebenen medizinischen Untersuchungen gegangen, sie war nie in Straftaten verwickelt!

Die Befragung von Michaela Kunz, die mehr weint, als dass sie richtig sprechen kann, wurde von Schilling insbesondere Richtung der zwei Männer am Sonntag im Lokal geführt. Michi erzählt alles nochmals ausführlich, aber dadurch kamen keine neuen Erkenntnisse zu Tage. Aber Michi erinnert sich, der eine habe mit einer Kreditkarte gezahlt, der Abrechnungscoupon muss ja noch da sein!

Die Rückfrage beim Kreditkartenbüro ergibt, dass die Karte am Sonntag vormittags in Wien gestohlen worden war und erst am späteren Abend gesperrt worden ist! Also auch hier Schwierigkeiten, diesen zwei Männern näherzukommen!


Es ist schon abends geworden, Schilling sitzt noch immer im Büro, denkt wiedereinmal alles durch und kommt auf keine neuen Erkenntnisse, keine neuen Wegweiser tun sich auf!

Er sinniert so über den gestrigen und heutigen Tag hinweg, Gedanken gehen ihm im Kopf herum, ‚was hatte Schubert gesagt? Auch er hätte sehr lange warten müssen, bis sich die Richtige für ihn gefunden hätte, in dieser Stadt. Es gibt also doch die Möglichkeit, eine passende Partnerin fürs Leben zu finden, nur wo soll ich suchen? Hier im Amt, besonders abends, wenn es still wird? Soll ich auch wiedereinmal in die Oper gehen, wie der Dr.Schubert? Ich muss mehr unter die Leute, mehr auf kulturelle Veranstaltungen, Ausstellungen, Konzerte, ja vielleicht auch wieder einmal in die Oper! Vielleicht mit den Schuberts?´

‚Oder bin ich vielleicht doch selber schuld? Mache ich es mir und allfälligen Partnerinnen zu schwer, bin ich die Ursache für meine Probleme?'

Und wiedereinmal geht er spät abends allein nach Hause, soweit ist ja seine Wohnung nicht von der Polizeidirektion entfernt.

Noch beim Heimgang kreisen die Gedanken wieder um den Teichmord, er überlegt, welche der üblichen Motive für Gewalttaten es gibt:

Eifersucht, Erniedrigung, Ehrverletzung.

Neid, Gefühl der Unterlegenheit, Rache.

Verletzung des Gerechtigkeitsgefühles.

Um etwas zu verheimlichen.

Etwas ungeschehen zu machen.

Befreiung von jemanden.

Um ein Ziel durchzusetzen.

Macht und Geld, materieller Gewinn.


Und welche Tatwaffe kommt in Frage, wo gibt es einen Holzstock oder Ähnliches mit weißlicher Farbe? Das Holz war laut Obduktionsbefund nicht scharfkantig, also eher rund, wie groß mag es gewesen sein? Nicht zu groß, sonst ist es schwerer zu transportieren, klein und handlich wäre besser!

Seine Mitarbeiter haben alle in der Umgebung des Tatortes lebenden Menschen befragt, keiner hat etwas gehört oder gesehen.

Es muss wer sein, der die Gewohnheiten des Preinschmidts kennt, der ihn gut kennt.

Oder der Täter ist ihm nachgefahren? Eher unwahrscheinlich, das könnte Preinschmidt doch bemerkt haben. Am frühen Morgen war doch sicher schon hell!

Also es kommt nur jemand infrage, der Preinschmidt kannte. Alles deutet auf Bauer hin, hat aber ein Alibi! Vater und Sohn haben kurz miteinander telefoniert!

Schilling ist schon zu Hause angelangt, hat sich ein Glas Bier eingeschenkt, dank der Umsicht der Zugehfrau, die täglich kommt, für ihn einkauft, putzt, wäscht. Da kommt ihm das Lied in den Sinn, das Hans Moser so trefflich gesungen hatte: *Der alte Herr Kanzleirat, zum Kochen hat er eine, zum Putzen hat er eine, zum Waschen hat er eine, zum Strümpfstopfen hat er eine, nur fürs Herz hat er keine! Der alte Kanzleirat, träumt heute noch von der Heirat...*

Das Gesicht der jungen Polizistin kommt ihm ins Bewusstsein, „ist doch sehr nett gewesen, die Kleine, und hübsch auch noch, recht gescheit. Schubert hat mir in seiner trockenen Art erzählt, wie belesen sie ist, wie schlagfertig! Soll ich versuchen, sie zu meiner Gruppe holen? Eine Stelle wär ja frei! Und letztens haben die Kollegen doch gemeint, eine Frau als Mitarbeiterin wäre doch super, so wie im Fernsehen!"

Am Morgen des nächsten Tages ist er, der Kommissar, wiedereinmal der Erste im Büro. Nach der zweiten Tasse Kaffee, die ihn um keinen Deut scharfsinniger machte, nach Durchgehen aller Protokolle, auch keine Nachrichten aus Bratislava, beschliesst er, sich nochmals die Frau Milica anzusehen.

Er wäre froh, wenn er den Dr.Schubert wieder an der Seite hätte, die Gespräche mit ihm fand er als so befruchtend für seinen Gedankenflug. Schilling versucht, ihn im Krankenhaus zu erreichen.

„Grüß Gott, ich muss Oberarzt Schubert sprechen!"

„Einen Moment, ich versuche, ihn zu erreichen!"

Die Telefonistin verbindet ihn recht rasch zum Haushandy, es hebt eine Schwester ab, und sagt, „Der Herr Oberarzt ist gerade beschäftigt, die Endoskopie wird noch etwas dauern, ob er zurückrufen könne! Hat er was angestellt?"
„Sie sind aber eine Neugierige! Zu Ihrer Beruhigung, wir rufen die Mörder immer zuerst an, bevor wir sie verhaften! Das gehört sich einfach doch so!" Schilling ist wiedereinmal die Freundlichkeit in Person.
Ein wenig eingeschnappt ist die Schwester dann schon.

Nur 10, 15 Minuten später ruft Dr.Schubert zurück, Schilling fragt, ob er für ihn etwas Zeit hätte.

„Sehr gerne, aber ich kann erst am frühen Nachmittag hier weg", meint Dr.Schubert. Schilling verschiebt seinen Plan bezüglich Milica auf den Nachmittag, „ich werde Sie um 14 Uhr abholen, oK.?"

„Ja, könnte ich meine Frau mitnehmen, einerseits würde sie Sie gerne kennenlernen, andererseits wäre es vielleicht gar nicht so schlecht, ein weibliches Wesen mit Verstand dabei zu haben, wenn Sie die Milica verhören wollen!"

„Das wäre ja super, hätte mich nie getraut, das vorzuschlagen!"

Richard Schubert bespricht sich kurz mit Mimi, die, wie zu erwarten war, sogleich Feuer und Flamme ist, die Idee gefällt ihr! „Deine weibliche Neugier schlägt durch," lacht Richard, kannst Du direkt zu mir ins Krankenhaus kommen?"

# 9

Mimi sitzt hinten, Schilling fährt und eine jüngere Polizistin sitzt neben ihm, neben Mimi ist noch Richard, irgendwie kommt sie Richard bekannt vor. Schilling hat gemeint, „vielleicht könnten die zwei Frauen," die Polizistin in Uniform hat er als Frau Staller vorgestellt, ohne weiteren Kommentar, „zusammen noch besser auf Milica einwirken, so wie das alte Polizeiverhörspiel: Guter Cop, böser Cop."

Jetzt fällt Richard es wieder ein, das ist doch die, die ihn so angegangen ist, als er sich der Leiche nähern wollte! Also hat Schilling sie doch von ihrer Dienststelle wegholen können! Eine Erklärung über ihre Anwesenheit aber gibt er nicht, auch gegenüber Richard nicht. ‚Er tut so, wie wenn es das Natürlichste sei, dass diese Polizistin bei ihm im Auto ist.'

In einem der vielen Wohnbauten im Bereich der Ottakringer-Straße, gerade nicht die beste Adresse in Wien, findet Schilling die Mietwohnung, an der das Schildchen mit dem Namen ‚Bauer', etwas schief verrutscht, angebracht ist. Er läutet, läutet mehrmals, es dauert einige Minuten, gefühlt gut 5 Minuten, bis man Geräusche wie Flüstern hinter der Tür hört. Die Türe öffnet sich, nur den Spalt weit, den die Türkette erlaubt, eine dunkelhaarige junge Frau späht durch den Spalt hinaus und fragt, „Wer da?" und dreht sich um, wie wenn sie jemanden etwas zuflüstern wollte. Schilling stellt sich vor, zeigt seinen Polizeiausweis, wie aber das Wort ‚Polizei' fällt, schnappt die Türe zu. Hektisch wird hinter der Tür in einer ihnen unbekannten Sprache geflüstert, dann hören sie, wie wenn jemand aus dem Vorzimmer wegginge, der Türspalt wird nun wieder geöffnet, der Frauenkopf erscheint wieder, fragt „Was wollen?"

Schilling fragt, ob sie hineinkommen dürften, „wir möchten Ihnen nur ein paar Fragen stellen!"

„Du haben Papier?", hört man durch den Türspalt.

„Wir wollen mit Ihnen nur reden!"

„Nix Papier, nix reden, nix reinlassen!"

„Ich kann Sie auch vorladen lassen, ins Polizei-Präsidium!"

„Ich nix reinlassen, Markus nix da!"

„Wer ist dann da hinter Ihnen?"

Inzwischen ist schon die Nachbarstüre einen Spalt geöffnet worden, ein Mann lugt durch den Türspalt, darunter das neugierige Gesicht eines kleinen Mädchens. Die Polizistin geht rasch hin, hält ihren Ausweis hin und fragt, ob der Mann wisse, wer hier wohne? Die Auskunftsfreundigkeit ist auch ihm nicht ins Gesicht geschrieben: „Ich nichts wissen, ich nicht kenne diese Menschen!"

Die Freundlichkeit und Hilfsbereitschaft der Bewohner, wenn sie eine Uniform sehen, entspricht dem Stiegenhaus. Die einstmalig gelbe Wandfarbe ist nur mehr rudimentär erkennbar, große schmutzig-graue feuchte Flecken zieren die Wände, die Stufen abgetreten, der letzte Besen, den diese gesehen hatten, dürfte schon lange wegen Altersschwäche entsorgt worden sein. Der Stiegenabsatz mit Kinderwagen, angekettet, Fahrrad, angekettet, und leeren Schachteln füllt den Wohntraum Ottakrings fast komplett aus!

Zunehmend wird Schilling ungeduldig, eine seiner Hauptuntugenden drängt sich hervor, „Bitte machen Sie die Türe auf! Wir sind von der Polizei und möchten Ihnen nur Fragen stellen!"

„Kein Papier, ich nicht reinlassen! Markus nicht da, Markus sagen, niemand reinlassen!"

„Ok, dann lade ich Sie in die Polizeidirektion vor."

„Wenn Papier, ich kommen, mit Markus!"

„Wer ist da hinter Ihnen? Herr Bauer?"

„Niemand da, ich allein!"

„Hab doch gehört, wie Sie mit jemanden gesprochen hatten!"

„Niemand sprechen, ich allein!"

Schilling schon etwas genervt, nimmt ein Blatt Papier aus seinem Notizblock, schreibt darauf: „Vorladung für Frau Milica Dragovic, heute 16 Uhr, Polizeidirektion Wien, erster Stock, Zimmer 21", unterschreibt und hält den Zettel durch den Türspalt. Die Türe schliesst sich sofort. Ihm ist schon klar, dass diese „Vorladung" nicht korrekt ist, einen Versuch ist es aber wert. Unkonventionelle Aktionen gehören ja zu seinen Spezialitäten, „Das haben Sie nun nicht gesehen, Frau Inspektorin!" wendet er sich an seine Kollegin, dann flüstert er ihr ins Ohr, „Wir werden nun laut runtergehen. Warten Sie noch ein paar Minuten oben am nächsten Stiegenabsatz, ich würde so gerne wissen, wer da noch in der Wohnung ist! Der wird sicher gleich abhauen wollen! Wir warten auf Sie in der nächsten Quergasse!" Sie nickt ihm zu, „wird gemacht, Herr Kommissar!"

Und es gelingt ihr, keine 10 Minuten später, ein Foto mit ihrem Handy zu machen, zwar von oben, das Gesicht aber recht gut erkennbar.

Michi, noch in ihrem Büro in der Wirtschaftskammer, hört den SMS-Ankündigungston auf ihrem Smartphone, sieht das Bild, ruft sofort Schilling zurück: „Ja, das ist einer der Männer vom Sonntag, bin mir fast sicher!"

16 Uhr, Markus Bauer und Milica Dragovic sitzen wartend am Gang der Polizeidirektion, heftig miteinander redend, wobei besonders die Frau auf Markus einredet! Bewusst lässt Schilling diese noch warten. Im Zimmer sitzen die „Glorreichen Vier", Richard und seine Mimi, die junge Polizistin und Schilling. Schilling steht auf und geht unruhig auf und ab, „Ich glaub, wir sind an einem Wendepunkt angelangt! Dass die Frau Dragovic irgendwie involviert ist, ist uns klar geworden, wer ist aber der Mann bei ihr gewesen? Der am Sonntag im Lokal gewesen war, der mit einer gestohlenen Kreditkarte gezahlt hat. Und, weiß Herr Bauer davon, dass ein Mann bei Milica war?"

Die junge Frau Inspektor, gegendert Frau Inspektorin, fragt, „könnte man die beiden getrennt befragen? Ob sich da Widersprüche auftun?"

„So werden wir es auch machen, befragen wir sie getrennt. Milica Dragovic soll zuerst allein herein, da könnten die Damen sie schon etwas in die Mangel nehmen, alles selbstverständlich höflichst. Sie Frau Inspektor nehmen zuerst ihre Daten auf, Sie Frau Doktor Schubert, fragen sie gleich dazwischen, ob sie allein hierher nach Wien gekommen ist etc., Sie geben sich als Polizeipsychologin aus! Übrigens, wie heißen Sie, Frau Inspektorin, auf der Uniform steht nur ‚Staller'?"

„Komplett heiß ich Friederike Staller, gerufen werde ich Fritzi."

Als Milica zwischen den zwei Frauen sitzt, läuft das Gespräch und das Fragespiel an.

Frau Staller nimmt die Personalien auf.

Dr. Schubert: „Wann sind Sie nach Österreich gekommen? Ich bin die Mimi, Ärztin und Psychologin, ich will mit Ihnen reden, so als Frau zu Frau."

Staller: „Wie heißen Sie?"

Milica: „Milica Dragovic, seit 4 Jahren in Wien."

Schubert: „Was arbeiten Sie, Frau Dragovic?"

Staller: „Die geht doch auf den Strich! Das sieht doch ein Blinder!"

Milica: „Nein, nix Strich!"

Staller: „Was denn, Männer ausnehmen!"

Schubert: „Das wird die Arme doch nicht verstehen, was ‚Männer ausnehmen' bedeutet!"

Milica: „Nix Männer ausnehmen, normal bezahlen!"

Staller: „Also doch auf den Strich gehen!"

Schubert: „Sie sind doch zu Hause in Rumänien zur Arbeit in Wien angeworben worden, alles hat man Ihnen versprochen. Das war doch so! Was sollten Sie hier arbeiten? Putzen?"

Milica: „Versprochen viel, nix gehalten!"

Schubert: „War sicher ein schlechter Mann, der alles versprochen hat!"

Milica: „Nein, Bruder Jon nicht schlechter Mann!"

Fritzi: „Also Ihr Bruder hat Sie hier her verschleppt!"

Milica: „Nix geschleppt, ich mit Jon herfahren."

Schubert: „Im Auto? Da war doch sicher noch wer dabei, wer?"

Milica: „Freund von Jon, Aleksandru."

Schubert: „Und er hat Sie Arme dann vergewaltigt! Muss doch recht schlimm gewesen sein!"

Milica: „Ja, böser Mann! Erstes Mal als Jon draussen, telefonieren sagt er! Er mich dann schlagen! Noch in Auto."

Staller: „Aleksandru, und wie weiter? Sie müssen doch wissen, wie der heißt, der Sie vergewaltigt hat!"

Milica: „Ich nur sagen Aleksandru zu ihm! Musste warten in Wohnung, bis er bringen neuen Mann, zum Bumsen! Ich machen müssen, was er sagt."

Schubert: „Warum? Sie können doch ‚nein' sagen, Sie Arme."

Milica: „Sonst schlagen." Dabei kommen ihr die Tränen, „Hat oft schlagen, ich nicht Mann wollen, dann er schlagen."

Staller: „War Markus auch ein Kunde?"

Milica: „Ja, aber ich gerne mit ihm bumsen!"

Schubert: „Sie wohnen nun bei Markus, wie ist das vor sich gegangen?"

Milica: „Markus geben Geld an Aleksandru, sagt, kaufen frei mich!"

Staller: „Dann sind Sie in seine Wohnung!"

Schubert: „Mussten Sie da noch andere Männer empfangen?"

Milica: „Nein nicht mehr. Nur Aleksandru wenn Markus in Arbeit!"

Schubert: „Und Sie haben sich das gefallen lassen müssen, Sie Arme? Markus hat doch für Sie gezahlt, Sie freigekauft!"

Milica: „Muss, sonst Aleksandru ihn hopp gehen lassen, er sagen!"

Staller: „Was heisst hopp gehen lassen, bei was?"

Milica: „Ich nix wissen, nix wissen!" Milica weint still vor sich hin.

Und mehr war dann aus der Milica Dragovic nicht herauszubringen.


Schilling ist mit den beiden, seinem unkonventionellem Frageteam, sehr zufrieden, sie haben ohne Druck, nur so im Gespräch viel herausbekommen. Er bedankt sich bei Frau Dr. Schubert, und bei Frau Staller.

Die Befragung des Herrn Bauers war eher kurz, er lebe seit gut einem Jahr mit Frau Dragovic zusammen, sie ist legal hier, und es sei nicht gegen das Gesetz! Und im übrigen, er lasse sich nur mehr befragen, wenn sein Anwalt dabei sei. Weiter zu kommen, war nicht möglich. Herr Bauer blockte völlig ab.

Die Zwei konnten die Polizeidirektion wieder verlassen.

„Ich glaube, nach unserer kriminalistischen Premiere ist es angezeigt, eine Nachbesprechung und Analysierung der gewonnenen Informationen zu machen, aber dieses Ambiente hier behangt uns gar nicht, da wirst du mir zustimmen, liebe Mimi! Herr Kommissar, einverstanden?"

„Bin auch schon etwas hungrig geworden", kommt es.
„Ich wüsste einen sehr netten Italiener in der Nähe, der besonders gut ist, weißt du noch, lieber Richard?"

„Sehr gut, damals nach der Kirche, nachdem wir uns verlobt hatten, Liebling. Frau Inspektorin, haben Sie noch normale Kleidung hier? Ich gehe ungern in Polizeibegleitung essen, fühl mich dann schon etwas zu sehr bewacht, oder überwacht! Und können Sie mit? Und Sie, Herr Kommissar?"

„Ich auf jeden Fall! Müssen Sie, Frau Inspektorin daheim noch anrufen?" Eine typische Fangfrage denkt sich Dr. Schubert!

„Zivile Kleidung hab ich hier, und anrufen muss ich niemand, genauer, niemand wartet auf mich, keine 5 Kinder und kein Mann, wenn Sie, Herr Kommissar durch meine Aussage bei diesem Verhör zufriedengestellt werden können!"

Es wurde ein entspannender Abend, obwohl ein Großteil des Gespräches sich um den aktuellen Fall kreiste. Mimi konnte nicht umhin, Richard mit dem Fuß anzustupsen, fast unmerklich mit dem Kopf Richtung der beiden anderen Teilnehmer an diesem Gespräch zu deuten und einen ihrer bekannt reizenden Lächler zu zeigen.


Schilling, immer der Erste im Amt, liest nochmals die Protokolle durch, als Frau Staller und dann die anderen Kollegen eintreffen. „Mir geht die Aussage der Dragovic nicht aus dem Kopf, sie sagte ,Hopp gehen lassen', wie Ihr gestern aus ihr herausgekitzel habt."

„Es war Frau Dr. Schubert, die das zuwege brachte!"

„Aber Sie haben die wesentliche Vorarbeit geleistet, Frau Staller! Was kann die Dragovic damit gemeint haben? Ist Markus Bauer in unlautere Geschäfte verwickelt? Wie der Bauer sich gebärdet, der hat Dreck am Stecken, bin mir fast sicher!"

„Versuchen Sie bei seiner Arbeitsstelle etwas herauszufinden! Setzen Sie Ihren unwiderstehlichen weiblichen Charme ein und verbrüdern Sie sich mit den Fratres im Stift, vielleicht gibt es da einen schwarzen Fleck auf der Weste, der Brüder oder Bauers."

„Danke für das Kompliment! Ich bin überzeugt, er hat mich gestern hier nicht gesehen, als was soll ich mich ausgeben, Wirtschaftsprüferin wäre zu direkt, meine ich."

„Die haben doch eine Schule dort, ein Gymnasium: Sie würden daran denken, Ihren Sohn in das Internat einschreiben zu lassen!"

„Bravo, mit 16 schon einen Sohn haben! Trauen Sie mir das wirklich zu?"

„Na ja, sind Sie aber zimperlich, machen Sie sich halt älter!"

„Wie, wenn es mir erlaubt wird zu fragen, wie? Silbrige Perücke dicke Brillen, Stock?"

„Nein nein, da sind Sie mir so schon lieber!"

„Wirklich?"

„Ja!", Schilling dreht sich zur Seite, um sein Gesicht zu verbergen, „Anderer Vorschlag, Sie kommen von einem Investment-Fonds und suchen verschieden Betriebe, in denen es sicher ist, Geld anzulegen."

„Das klingt gut! Da kenn ich mich auch ein wenig mehr aus als mit 10-jährigen Söhnen!"

„Warum?"

„Warum was, Herr Kommissar?

„Warum kennen Sie sich mit Fonds und so mehr aus?"

„Ich hab BWL studiert, eigentlich bin ich noch dabei, die Diplomarbeit fehlt noch."

„Und warum sind Sie dann bei der Polizei?"

„Muss auch von etwas leben, bekomme nichts geschenkt auf dieser Welt!"

„Super, dann ziehen Sie diese dumme Uniform aus und dann fahren Sie los."

„Gleich hier ausziehen, Sie sind mir aber einer!", lacht sie laut auf, dass sich die Kollegen im Nebenzimmer schon wundern, was denn der Chef mit der ‚Neuen' mache.

„Dann schließen Sie halt die Türe," meint Schilling mit ernster Miene.

„Wie wollen Sie es, von innen oder aussen? Das mit der Türe", scherzt Frau Staller, aber ebenfalls mit gespieltem Ernst.


Schiller ist wie ausgewechselt, den restlichen Tag verbringt er friedlich mit Überlegungen über die nicht auffindbare ‚Tatwaffe', fragt in Bratislava nach, auch hier kein Erfolg zu melden. Am liebsten hätte er sich nochmals eingehend mit Markus Bauer beschäftigt, aber der wird seinen Mund nicht aufbringen, das weiß er jetzt schon. Und den Anwalt will er schon gar nicht kennenlernen. „Ausserdem ist Frau Staller im Stift, da will ich nicht dazwischenfunken."

Er fährt sowohl in Preinschmidts Lokal, redet nochmals mit Michaela und Franz, die Zwei führen das Lokal so weit es geht, wenn auch etwas eingeschränkt, wissen aber noch immer nichts von ihrer Erbschaft. Michaela konnte sich an ihrer Dienststelle Urlaub nehmen.

Auch fährt er nochmals ins Haus des Toten, stöbert die Kästen und Laden durch, auf der Suche nach was eigentlich? Viel hat er, der Preinschmidt, ja nicht aufgehoben! Nur wenige Fotos, aber Stöße von Klaviernoten! Schilling hat das Gefühl, er habe etwas übersehen, aber was? Die Dokumente? Auch bei den ist nichts Auffälliges. Ein Mann ohne Geheimnisse? Gibt es das?

Er, Schilling, er fühlt sich so wohl in seiner Haut, er, der so ungeduldig sein kann, bespricht sich in Ruhe mit seinen Kollegen, auch ein Fauxpas, der einem jüngeren Beamten passiert ist, übergeht er lachend. Bis der Oberinspektor hinter dem Chef flüstert: „Die Neue tut ihm aber recht gut, bringt frische Luft herein, ein Mailüfterl??"

# 10

„Grüss Gott, Pater Prior, mein Name ist Friederike Staller, ich habe mich telefonisch anmelden lassen."

Pater Prior Franziskus ist ein doch schon angejahrter Priester. Einen ausgeprägten Embonpoint trägt er vor sich her, die Ähnlichkeit zu einem bekannten Wiener Stadtpolitiker ist nicht von der Hand zu weisen, nur die Augen blicken eindeutig freundlicher. Er steht sofort vom Schreibtisch auf und geht auf die Besucherin zu: „Auch Ihnen ein herzliches Grüss Gott, Frau Staller, bitte kommen Sie näher. Setzten Sie sich doch zu mir, bitte hier rechts beim Schreibtisch, wenn Sie sich mir gegenübersetzen, vor diesem Ungetüm von Schreibtisch, sind Sie Meilen weit weg. Und meine Hörleistung ist etwas angeschlagen, das rechte Ohr ist das Bessere!", Pater Prior lächelt in sich hinein, der geistliche Herr freut sich immer, junge Menschen bei sich zu haben, insbesondere wenn sie in einem so eleganten, dezenten Kostüm stecken und so hübsch aussehen! Er hört etwas schlechter. Sein Hörgerät schlummert in einer der Tischladen. Das Tragen dieser fast unsichtbaren Dinger aber widerstrebt ihm, insbesondere wenn so eine Dame wie seine Besucherin bei ihm sitzt, aber die Augen sind hervorragend, wie Adleraugen, die alles sehen.

„Liebe Frau Staller, was kann ich für Sie tun?"

„Hochwürden, wie Ihnen schon telefonisch angedeutet worden war, ich komme von einer Agentur, die für Großinvestoren Betriebe suchen, die wirtschaftlich sehr gut dastehen, wo diese Investoren Minderheits-Kapital anlegen könnten. Da hat man mich auf Ihre ,Firma', wenn ich dies so undespektierlich sagen darf, aufmerksam gemacht. Nicht dass Sie Geld benötigen, das Stift ist wohl reich genug, man hat mich aber darauf hingewiesen, dass das Stift große Investitionen vor sich habe, da wäre eine Art stiller Teilhaber nicht uninteressant für Sie!"

„Da könnten Sie schon recht haben, das mit den vor uns stehenden Investitionen, woher wissen Sie das?"

„Pater Prior, heutzutage gilt, wie es auch schon früher gegolten hatte: „For knowledge itself is power"! Schon Francis Bacon, Pater, ein von der katholischen Kirche abtrünniger englischer Protestant, hat dies vor gut 500 Jahren gesagt!"

Wenn Schilling wüsste, wie sich die Neue, Mitarbeiterin natürlich gemeint, großartig verhält, seine gute Laune würde sich noch steigern! Er wäre stolz, dass er sie für die Abteilung geködert hatte!

„Soso, hat sich wirklich nicht viel in der Welt da draußen verändert? Aber so außerhalb der modernen Zeit leben wir auch nicht, wir haben bestimmte Angelegenheiten in eigene Firmen ausgelagert, so sagt man doch heutzutage? Es war eine wirtschaftlich vom Stift abgetrennte Gesellschaft gegründet worden, die sich mit der Verwaltung der Besitztümer beschäftigt. Dazu gehören landwirtschaftliche Güter, Sie wissen, wir haben ein sehr großes Weingut mit einigen Aussenrieden in Niederösterreich und dem Burgenland. Dann noch viele Beteiligungen an Firmen und einiges an sonstigen Grundbesitz, Wohnhäuser, Bürohäuser und so weiter. Das können wir nicht mehr selbst verwalten, da bedarf es an weltlichen, geschulten Mitarbeiter."

Pater Prior macht eine kleine Pause, er, ein gewiefter Redner, weiß wohl sehr gut, wie etwas zur Geltung gebracht werden kann.

„Wir selbst, die geistlichen Herren, sind schon mit soviel anderen Notwendigkeiten ausgelastet, wir beschicken mehrere Pfarren mit Ordenspriester, auch in unserem Gymnasium sind Ordensleute als Professoren. Und, leider, der Zuzug zum

Ordensleben wird immer geringer, immer seltener findet sich ein wirklich dafür Geeigneter!"

„Hochwürden, mein Vater war in Ihrem Gymnasium gewesen, hat hier maturiert, ist aber schon lange her!"

„Das freut mich sehr, da haben Sie ja eine Vorstellung von unserem Haus, Ihr Vater wird ja einiges erzählt haben! Ich hoffe schon, es war nicht nur Negatives dabei."

„Papa hatte nur Schönes erzählt, insbesondere seinen Lateinprofessor, an den Namen kann ich mich nicht mehr erinnern, hatte er immer als so exzellent beschrieben! Vater erzählte mir, der habe für die Schüler diese tote Sprache richtig lebendig gemacht, sagte er! Gute Lehrer, die Kinder mitreißen können, sind ja eher selten, und noch dazu beim Unterricht in dieser Sprache, die eigentlich niemand mehr braucht!"

„Wirklich brauchen wir sie nicht, da haben Sie schon recht, bestenfalls in unserer Kirche, aber auch da ist sie nicht mehr unbedingt erforderlich. Nicht einmal für die Medizin, nicht einmal mehr für die Jurisprudenz! Aber Latein ist Training fürs Gehirn, das keinem schadet. Und die Poesie dieser Sprache, herrlich!"

„Leider habe ich Latein nicht mehr gelernt! Wenn Sie, Paper Prior, so interessant darüber sprechen, tut es mir jetzt leid. Sie waren doch nicht immer Prior, haben Sie vorher auch unterrichtet?

„Jetzt werden Sie, liebe Frau Magister, lachen: Ich war Lateinprofessor hier am Gymnasium! Ist sogar möglich, dass Ihr Herr Vater in meiner Klasse gewesen war! Und Sie, an welcher Schule waren Sie?"

„Meine Eltern schickten mich ins Lyzeum."

„Eine sehr gute Schule, jawohl, man merkt es Ihnen an! Sie sind wohl recht gut ausgebildet worden, haben Sie auch studiert, liebe Frau Staller?"

„Ja, Betriebswirtschaftslehre, sehr, sehr trocken, wenn Sie mich fragen sollten. Musik wär mir lieber gewesen, ich konnte recht gut Klavierspielen, bin mit Musik aufgewachsen, besonders meine Mutter hatte dies sehr gefördert, mich aber nie dazu gezwungen. Ein Musikstudium wäre schon außerordentlich gewesen. Aber als meine Eltern verstarben, ist mir die Betriebswirtschaft doch sicherer erschienen!"

Auch die Frau Magistra, eigentlich ›Noch-Nicht-Ganz-Magistra‹, kennt den Trick mit rhetorischen Kunstpausen, „das Erbe war rasch aufgebraucht, nach dem leider selbst verschuldeten Unfall, die Versicherung zahlte nicht mehr."

Der Pater drückte auf eine Taste seines Telefons, ein jüngerer Frater trat mit federndem Schritt ein, ‚ein sehr agiler Typ, was macht der in einem Kloster' fragt sich Frau Staller!

„Frater, führen Sie bitte Frau Magistra Staller in unsere Wirtschaftsabteilung, Sie will sich etwas umschauen, Sie soll dort mit den Herren Meinhart und Bauer Kontakt aufnehmen, die werden von mir vorinformiert. Danke Ihnen, Frau Magistra, dass Sie sich zu uns herbemüht haben! Vielleicht können wir unser Gespräch einmal fortsetzten!"

„Ich würde mich sehr darüber freuen!"

Frater Herbert wirkt ungemein sportlich, in seiner schwarzen langen Soutane, das Zingulum die schlanke Statur betonend, sieht er direkt prächtig aus, ‚Da ist einer der Frauenwelt entgangen!' denkt sie, neben ihm her hastend. Blitzartig fällt ihr der Film ‚Dornenvögel' ein! Und wer war der Priester? Wie hat der doch geheißen? Frau Staller tut sich schon etwas schwer, mit den großen Schritten des Fraters mitzuhalten.

Über viele Gänge führt der weite Weg in ein Nebengebäude des Stiftes. Unendlich lange, hohe Gänge! An der zu den Fenstern blickenden Seite lösen sich alte, schon fast schwarze, reich verzierte hölzerne Türportale mit großen Gemälden meist finster blickenden, schon längst verstorbenen Patres ab. Unwillkürlich muss Frau Staller zu den Lampen hochschauen, die so klein, so armselig in recht großen Abständen von dem Gewölbe herabhängen.

‚Wird wohl sehr entrisch sein, des Nachts hier durchgehen zu müssen, wenn diese dunklen Männer auf den Bildern einem nachblicken! Naja, muss ich ja nicht! Mit dem ‚Dornenvögel'-Frater würde ich mich schon trauen. Der ist immer fast zwei Schritte weiter, so lange Beine der hat. Wäre schon spannend zu erfahren, ob die unter der langen Soutane noch Hosen tragen?'

Frau Staller ist selbst von diesem, ihrem, Gedankengang schockiert!

Ein anderes Umfeld öffnet sich. Aus dem Barock in die Welt einer modernen Verwaltungszentrale, Computer, Labtops und Flachbildschirme, ein exzellent eingerichtetes Großraumbüro liegt vor ihr. Zwei durch Glaswände etwas abgetrennte, oben offene Bereiche an der Kopfseite, in denen je ein Herr arbeitet, an den weiteren gut 8 Schreibtischen sitzen weitere Angestellten, alle in ihre Tätigkeiten vertieft. Auffallend viele grüne Pflanzen in großen Töpfen lockern das Bild auf. Einen so rund um schönen Büroraum würde man nicht erwarten.

Frater Herbert führt den Gast zur Stirnseite vor. Frau Staller wird von Herrn Meinhart freundlich begrüßt, Herr Bauer wirkt sehr zurückhaltend. Sie setzen sich in die Ecke des großen Raumes, etwas abgetrennt durch Gummibäume und Ficus, eine kleine grüne Oase im schön begrünten Großraumbüro. Der so elegant wirkende Frater Herbert zieht sich leider schon zurück, „Wenn Sie fertig sind, Herr Meinhart, bitte verständigen Sie mich wieder, es ist mir eine Ehre, Frau Magistra wieder begleiten zu dürfen!" ‚Nicht nur chic, auch gut erzogen! Was entgeht da der Damenwelt!', schmunzelt Frau Staller in sich hinein.

„Frau Magistra, was können wir Ihnen zeigen, was wollen Sie von uns wissen?"

„Pater Prior meinte, ich soll in die Bilanzen Einschau bekommen. Insbesondere würden mich alle grösseren Transaktionen des letzten Jahres, besser der letzten 2 Jahre interessieren, wo und wie wird Geld angelegt, zu welchen Bedingungen, und so weiter. Da ich Ihre Finanzstruktur nicht kenne, bitte ich Sie, diese mir etwas zu erklären. Wie ich sehe, ist sogar dieses kleine Eckchen Grün voll mit EDV ausgestattet. Und noch etwas, wie ist die Aufteilung zwischen Ihnen beiden, wer ist für was zuständig, wie ist das Controlling organisiert!"

„Darf ich mit mir anfangen: Mein Bereich ist Verwaltung der Güter, der Grundbesitze, der Industriebeteiligungen, mit all den Aufgaben, die sich dabei stellen. Herr Bauer ist für die Führung der verschiedenen Konten, deren wir recht viele haben, weiters für den gesamten Zahlungsverkehr und Steuerfragen verantwortlich. Uns sind diese Mitarbeiter da vor uns zugeordnet. Wo wollen Sie beginnen, Frau Magistra?"

„Darf ich zuerst bei Ihnen, Herr Meinhart, einhacken: Können Sie mir die wesentlichsten Beteiligungen mit dem Wert dieser geben, weiters so ungefähr die jeweiligen Erträge, etc. schildern."

Herr Meinhart erklärt anhand einer Liste, rasch am Computer abgerufen, die verschiedenen Posten, deren Wert, und sendet diese Liste auch sofort an den USB-Stick, den Frau Staller ihm reicht.

„Darf ich diese Daten mitnehmen?"

„Pater Prior hat uns gesagt, um was es geht, und wir sollen Ihnen die wesentlichsten Unterlagen zur Verfügung stellen."

„Ich danke Ihnen sehr, ich werde dies sehr genau in meiner Firma studieren und versuchen, zu analysieren. Und nun zu Ihnen, Herr Bauer. Was spielt sich bei Ihnen ab, kann ich Einsicht bekommen?"

„Natürlich, wir haben nichts zu verbergen!"

Herr Meinhart geht zu einem der Schreibtische um mit dem dort Tätigen etwas besprechen, sodass Frau Staller und Herr Bauer allein bleiben.

„Hier sehen Sie unsere verschiedenen Konten, nicht nur die in Österreich, auch die in der Schweiz und Deutschland. Im wesentlichen sind wir wie ein doch schon recht großer Konzern, der auch seine Gelder verschiedentlich anlegt, anlegen muss. Geld muss arbeiten! Und die Steuerangelegenheiten bearbeite ich nicht allein, wir werden dabei von einer großen Wiener Steuerkanzlei betreut. Niemand will zu viel Steuer zahlen," lächelt er.

„Da haben Sie recht, ich werde mir erlauben, die Bewilligung Ihres Priors habe ich ja, auch mit dieser Kanzlei noch sprechen. Noch bitte die Transaktionen, die getätigt worden sind, kurz gesagt, wohin ist wie viel Geld geflossen?"

„Das ist schon etwas schwieriger darzulegen, es wird auch in Wertpapieren unterschiedlichster Art, bei Versicherungen etc. angelegt." '

„Herr Bauer, können Sie mir da eine etwas genauere Aufstellung machen, die jetzigen Kontostände, wo wann und wieviel angelegt wurde, eine Aufstellung des aktuellen Wertpapierdepots, wo liegen diese, weiters deren aktuellen Werte. Dies ist sehr wichtig, unsere Investoren wollen hier besonders informiert werden."

„Und dann wäre noch erforderlich, dass ich für die wichtigsten Banken Orders bekomme, dass diese mir Einblick gewähren!"

„Ich speichere Ihnen alles auf dem USB-Stick, wenn es Ihnen recht ist, nur bei den Transaktionen spießt es sich derzeit etwas, die Unterlagen scheinen da nicht ganz up-to-date zu sein."

„Macht momentan nichts, geben Sie mir alles mit. Und bitte die Orders für die Banken, nicht vergessen. Ich muss alles zusammenstellen, dies wird dann von unseren Spezialisten korrekt bewertet, da geht es doch um sehr viel Geld, sehr sehr viel Geld, das eventuell bei Ihnen investiert werden soll!"

Bauer ist etwas ins Schwitzen gekommen, erledigt aber alle von ihr gewünschte Arbeiten. ‚Was will diese Magistra hier, gerade jetzt? Will sie mich ausspionieren? Warum? Hat das mit dem Tod meines Vaters zu tun? Josef ist, war doch nie hier involviert! Hat mir aber nie gesagt, von woher er den Prior so gut kennt. Er hat mich ja hierher gebracht. Ist doch alles scheißegal, ich bin jetzt doch ein gemachter Mann! Der Erbe des Josef Preinschmidt! Da ist man doch wer!'
‚Ist ja nichts in den Daten enthalten, die ich ihr gegeben habe! Nichts, was mich belasten könnte. So dumm bin ich auch nicht!'


Mit USB-Stick bewaffnet erscheint Frau Staller am frühen Abend, nun wieder einfache Frau Inspektorin Staller, bei Schilling und legt ihm alles auf den Schreibtisch.

„Was soll ich damit? Ich versteh davon nichts!"

„Dann wird dies heute eine sehr lange Nacht im Büro werden, bis ich mich nur ein wenig durchgekämpft haben werde. Der Bauer war gar nicht erfreut über meine Aktion!"

„Sie müssen mir das alles genau erzählen, hoffentlich fliegt unser Schwindel nicht zu früh auf!"

„Wissen Sie was, wir haben uns eine Mahlzeit verdient," hängt Schilling übergangslos an. „Ich kenn nicht weit von hier ein kleines Beisel, man isst ganz hervorragend, darf ich Sie dorthin ausführen, dort können Sie Ihren offiziellen Bericht machen!"

„Danke, war so gespannt heute, hab gar nicht bemerkt, wie hungrig ich geworden bin! Ich kenn mich noch nicht so genau aus mit der Rechtslage, aber ich hab so ein Gefühl, ganz rechtens war meine Aktion heute im Stift sicher nicht."

Sie sind schon im Lokal angekommen. „Wie hübsch sie in dem Kostüm aussieht, kann mir schon vorstellen, das der Pater ihr alles zugestanden hat," geht Schilling durch den Kopf, als er Frau Staller zu dem Tisch geleitet!

„Und nun übertreten wir heute nochmals unsere Vorschriften, es wird auch nicht gern gesehen, wenn der Chef mit einer Mitarbeiterin zu vertraut ist. Aber heute haben wir ja schon die Grenzen des rechtlich Möglichen überschitten, da können wir gleich dabei bleiben, ,Lawless: Die Gesetzlosen' zu sein! Können Sie sich an den Film erinnern, Frau Kollegin? Oder war dies im Film „Die glorreichen Sieben'?"
„Bin in der Welt des Kinos nicht sehr bewandert. Da spar ich lieber auf eine Theaterkarte, oder noch lieber, eine Konzert-, Opernkarte."

Schilling ist beeindruckt ,sie geht lieber ins Theater oder die Oper!'!

Das Essen hat sehr gemundet, und mit den strahlenden Augen eines Menschen, der großen Erfolg gehabt hat, berichtet sie ihm, wobei sie ihm direkt ins Antlitz blickt, von ihren Erlebnissen vom Nachmittag. Sie bemerkt sofort, dass seine Augen ihrem Blick nicht ausweichen!

„Herr Kommissar, heute waren wir sehr situationselastisch," meint sie scherzhaft, „der Staatsanwalt hätte wahrlich keine große Freude mit uns."

„Sie haben sich prächtig geschlagen, Frau Kollegin, Ihre Vorstellung im Stift muss ja bühnenreif gewesen sein! Wie haben Sie den Pater Prior nur so schnell herumgekriegt, dass er Ihnen alles erlaubt hat?"

„Ein höfliches und gutes Auftreten ist noch immer der Schlüssel zum Erfolg! Auch haben wir lange über Latein gesprochen, was ich gar nie gelernt habe, aber ihm sichtlich sehr am Herzen lag, dem früheren Latein-Professor! Und eine sorgfältig gewählte Kleidung, passend für den Anlass, hat noch nie geschadet, ältere Herren, auch Patres sind Männer, die man mit Eleganz beeindrucken kann. Wie ich zu seinem Schreibtisch vorgegangen bin, habe ich schon dessen Gedanken lesen können!"

„Meine auch?"

„Erstens gehören Sie nicht zu den ‚Älteren Herren', zweitens ist für eine halbwegs kluge Frau jeder Mann ein offenes Buch."

„Und was lesen Sie in meinem Buch?"

„Herr Kommissar, Ihnen das zu sagen, würde meine Kompetenz im Dienstgefüge der Wiener Polizei bei weitem überschreiten, ich bin eigentlich lediglich eine kleine Streifenbeamtin."

„Und das wird, nein, das hat sich schon geändert! Ich darf Ihnen jetzt berichten, dass die Anforderung bezüglich Ihrer Dienstüberstellung in meine Abteilung durch die Polizeidirektion bewilligt ist! Hab den Präsidenten von der unbedingten Notwendigkeit dessen überzeugen können! Es sei doch eine Vergeudung an Kompetenz, Wissen und Intellekt, Sie mit dem Streifenwagen durch die Straßen gondeln zu lassen, was ihn zur Zustimmung bewogen hat."

Fast hätte er sich ‚verplappert', wie man in Wien zu sagen pflegt, und noch ‚Liebreiz' dazugefügt.

„War aber eine gute Lehrzeit, da auf der Straße! Ich hatte feine Kollegen, keine Rabauken, wie es leider auch immer wieder gibt!"

„Na Hauptsache, Sie sind jetzt bei mir! Ich meinte, bei mir in der Abteilung, obwohl ich es äußerst schön empfinde, mit Ihnen hier beisammen zu sein!"

„Ich auch," kommt von Schillings Gegenüber.

# 11

Milica ist mit Markus im Schlepptau nach der Ladung in die Polizeidirektion in die Ottakringerstrasse zurück. Jon, Milicas Bruder, wartet schon auf sie: „Was wollten die auf der Polizei, sag, um was hat es sich gedreht?" Jon ist schon lange in Wien und spricht ein fast fehlerfreies Deutsch, wenn er es will.

„Milica wurde befragt, wie lange und warum sie hier sei und so!"

„Und du, was wollte Polizei von dir?"

„Es ging um den Tod meines Vaters."

„Du weißt, dass du nicht kannst aussteigen!"

„Ich weiß es, ihr habt mich in der Hand! Ich kann Dir sagen, ich hasse diesen Aleksandru! Einen so durch und durch bösartigen Menschen hab ich noch nicht kennengelernt! Was gäb ich darum, ihm die Gurgel durchzuschneiden!"

„Werden ja sehen, was Aleksandru dazu sagt!"

Am nächsten Tag kam dann diese Frau Staller ins Büro und stöberte in allen Unterlagen, es war für Bauer nicht völlig überraschend, fast hatte er schon erwartet, dass einmal eine Kontrolle kommen werde. Bei den Datensätzen, die sie mitgenommen hatte, waren einige dabei, die für ihn nicht ungefährlich sind. „Es ist nur die Frage, ob sie das findet! Ich kann es mir nicht vorstellen, aber wenn sie geschickt ist, kann sie auch fündig werden," sagte Markus vor sich hin, als er schon mit Milica ins Bett ist.

Die frisch gekürte „Spezialinvestigatorin" für Unterlagen, die die Polizei gar nicht haben dürfte, verbringt einen Großteil der Nacht im Büro. Die Unterlagen von Herrn Meinhart beachtet sie vorerst nicht, nur die von Bauer geht sie Schritt für Schritt durch. Transaktionen sind sehr viele angeführt, immer scheint ein konkreter Grund angegeben zu sein.

Die Müdigkeit wird zunehmend schwieriger zu bekämpfen, die Gedanken schweifen auch etwas ab. Ihr Kommissar, der schon längst im weichen Bett zuhause schlummert, kommt ihr ins Bewusstsein, „ist doch ein recht netter Kollege, so aufmerksam, schon in der Nacht beim Teich war er so korrekt, hat mich gelobt! Gefällt mir schon recht! Auch als Mann, ja gerade als Mann! Und setzt sich so für mich ein! Muss mich morgen bedanken, hab das in der Aufregung völlig vergessen!"

Frau Staller verschwimmen schon die Zahlenkolonnen, sodass sie doch für den Abend die Untersuchung der Unterlagen abschließt. Irgendetwas ist nicht korrekt, sie hat nur so ein unklares Gefühl, kann es noch nicht richtig festmachen. Wo liegt da der Hund begraben? Hat das mit einer Transaktion zu tun, die so versteckt ist, dass sie nicht erkennbar wird?

Wieder schweifen die Gedanken ab, gefördert durch die Müdigkeit, die sich über sie legt. ‚War doch ein sehr beeindruckender Mann, der Pater Prior, vielleicht hat er wirklich Vater in Latein unterrichtet. Wäre doch ein Zufall! Und was hat es Vater gebracht, Latein zu lernen? Vater war städtischer Beamter geworden! Und, wie sie im Unfallbericht gelesen hatte, von der Straße abgekommen, mit Mama als Beifahrerin. Weit unten sind sie gelandet. Ist eigentlich untersucht worden, wie es dazu kam? Herzinfarkt war es keiner gewesen! Sagten sie. Dass konnte man ausschließen. Ist er abgedrängt worden? Da waren keine Bremsspuren zu finden. Ach Mama, wie sehr vermisse ich dich! Ich brauche dich jetzt!'

Am Schreibtisch ist sie eingeschlafen.

## 12

Die Ladung zur Testamentseröffnung des Erblassers Josef Preinschmidt bestellt den leiblichen Sohn Markus Bauer, Michaela Kunz, Franz Kugler, weiters die Haushälterin und den Chefkoch als Vetreter des Personals.
Notar Dr. Schmidt beginnt das Testament in einem sachlichen Ton zu verlesen, betont, dass das Testament vor ihm hier in der Kanzlei vom Verstorbenen verfasst worden ist, wenige Wochen vor seinem Ableben.

„Haupterbin ist Frau Michaela Kunz."

„Herr Preinschmidt bittet aber, dass sie bis zur Geburt ihres Kindes mit Herrn Franz Kugler verheiratet sei. Das Erbe von Frau Kunz umfasst das gesamte Lokal „Zum Preinschmidt", die Liegenschaft mit dem Haus in Neuwaldegg, alle im Depot seiner Bank liegende Wertpapiere, Sparbücher."

Markus ist völlig durcheinander, sein Vater hat doch immer betont, er bekomme alles! Und dann erbt diese Frau, die sich bei ihm eingeschlichen hat!

„Herr Preinschmidt hat noch verfügt, dass die Suche nach einem neuen Chefkoch, der die entsprechenden Qualifikationen aufweisen kann, allein in der Hand der Haupterbin liegt, also bei Frau Michaela Kunz. Er bittet aber, dass Sie, Frau Kunz, sich von Freunden des Lokals beraten lassen!"

„Herr Markus Bauer erhält den ihm zustehenden gesetzlichen Anteil, was durch ein spezielles Depot bei der Bank abgesichert ist."
Markus will schon aufspringen, Protest einlegen, in der letzten Sekunde aber beherrscht er sich.

„Jeder der Belegschaft des Restaurants bekommt einen fest-gelegten Betrag unter der Bedingung, dass er oder sie noch mindestens ein und ein halbes Jahr im Betrieb verbleibt und Frau Kunz unterstützt."

„Die Haushälterin bekommt einen Betrag von 15.000.00 € für ihre treuen Dienste.

Markus Bauer ist erschüttert, denkt sofort an eine Anfechtung des Testamentes, eine Möglichkeit, die der Notar nicht außer Rede stellen will. Aber er weist darauf hin, dass kaum reale Chancen für eine Anfechtung bestehen, da das Testament gesetzeskonform abgefasst sei. Der Wert des ihm zugespro-chenen Pflichtanteils, die Hälfte des Gesamtwertes des Erbes, ist groß, er hat aber doch mit dem Gesamterbe gerechnet!

Der Notar betont noch einmal, dass Herr Preinschmidt dieses Testament im Vollbesitz seiner geistigen Kraft gewesen war.
Zu Michi gewandt sagt er noch, „Herr Preinschmidt hat es sehr eilig gehabt, dies Testament abzufassen! Er wird wohl sein baldiges Ableben vor Augen gehabt haben!"

Unter Tränen nimmt Michi das Erbe an, hat sie doch Josef sehr geliebt und respektiert daher seinen Willen.

Später, wieder im Restaurant, setzen sich Michi, Franz und die Belegschaft zusammen und besprechen die nun eingetretene Situation. Die Mitarbeiter, die alle die neue Chefin gern moch-ten, zeigen sich solidarisch mit Michi, die die Tragweite des Erbes, den Willen Josefs, erst begreifen muss. Die loyalen Mit-arbeiter drängen nun Michi, die Weichen für die Zukunft des Lokales zu stellen.
Michi ist aber noch viel zu konfus, sich ihre Zukunft voraus-ahnen zu können.

„Franz, wir haben doch so liebe Freunde, ehrliche Freunde durch Josef gewonnen, die auch Josef sehr mochten, wir sollten noch mit Mimi und mit Richard sprechen, bist Du damit einverstanden, mein Schatz? Josef hatte auch angeregt, mit den Freunden des Lokals zu sprechen. Wir müssen über unsere Zukunft entscheiden, über unser zukünftiges Leben, auch das unseres Sohnes!"

Auch Franz muss erst zu sich kommen, er findet diesen Vorschlag seiner Liebsten aber sehr gut, hat er doch ein sehr gutes Vertrauensverhältnis besonders zu Richard aufbauen können.


Am späten Nachmittag, Mimi und Richard hatten schon frei und waren gerne der Bitte Michis gefolgt.

„Was sollen wir nun machen? Josef war für mich wie ein Vater, ich möchte, ich kann ihn nicht enttäuschen, möchte seinem Willen entsprechen, aber werden wir dazu fähig sein? Wir, Franz und ich, sind doch eigentlich nicht aus der Branche! Wir sind keine Köche, schon gar nicht Spitzenköche! Josef wollte, dass wir das zusammen besprechen."

„Michi, Franz, ihr seid so liebe junge Leute, so fähige Menschen, könnt ihr Euch vorstellen, ein Restaurant zu führen? Ihr wisst ja aus der Erfahrung, die ihr bei Josef gemacht habt, was da dran hängt!" Mimi mag die Michi sehr, will nur das Beste für sie.

„Franz, ich gehe davon aus, dass ihr zwei zusammenbleiben wollt, eine Familie werden wollt. Kannst Du als Uni-Absolvent Dir vorstellen, einen Betrieb wie das Restaurant zu führen? Ich kann mir denken, Du wirst meinen, mit Michi kannst Du alles, aber Michi wird bald Mutter werden. Damit ist sie noch zusätzlich sehr gefordert, Du selbst bist mit dem Studium noch nicht ganz fertig, wirst noch, soweit ich weiß, bis zum Sommer brauchen!"

„Wir sollten uns überlegen, wie die Zeit bis und nach der Geburt Eures Sohnes, bis zum Ende Deines Studiums ablaufen soll. Es kommen jetzt die Tage bis Weihnachten auf Euch zu, die für ein Lokal wie Eures ganz wichtig sind, die vielen Feiern und so!" Richard will auch die Schattenseiten der Entscheidung Josefs für die unmittelbare Zukunft zu bedenken geben.

„Ihr werdet insbesondere jemanden für die Küche brauchen! So wie er es vorgegeben hat. Die Mitarbeiter sind zwar sehr gut, aber ein Kopf für die Küche muss her! Wenn Ihr das Niveau halten wollt, ist dies das Wichtigste. Immer vorausgesetzt, dass Ihr das Geschäft weiterführt!"

Michi weiß nicht ein noch aus, „Ich weiß es noch immer nicht, ob ich Wirtin, wenn auch auf hohem Niveau, werden soll? Ich, wir wollen dem Willen Josefs entsprechen, er wollte ja uns in den nächsten Jahren immer mehr an das Lokal binden, er konnte doch nicht wissen, das es so schnell gehen würde!"

„Michi, ich muss Dir berichten, dass Josef das sehr wohl wußte, zumindest so im Großen und Ganzen. Michi, Josef hat Krebs gehabt, in einem sehr späten, kaum mehr heilbaren Stadium! Er hat damit sehr wohl gerechnet, diese Welt bald verlassen zu müssen!"

Michi ist perplex, „er hat nie ein Sterbenswort davon gesagt! Hast Du, Richard, davon gewußt?"

„Nein. Er ist mir nur etwas müder vorgekommen!"


Mimi, die immer sehr praktisch Denkende, „Niemand kann sagen, was die Zukunft bringen wird. Aber vorrangig ist, unabhängig, ob Ihr später das Lokal behalten wollt oder nicht. Vorrangig ist im Sinne Josefs, das Lokal weiterzubetreiben. Wir, natürlich Ihr, braucht einen neuen Küchenchef! Den müssen wir finden! Und, meine Lieben, ihr müsst schleunigst heiraten!"

„Das haben wir gleich für das Frühjahr vor, war schon alles besprochen. Ich liebe Michi, wir sind verlobt, wenn ich auch keinen Ring kaufen konnte, aber ich, wir möchten schon, dass unser Bub unseren, meinen Namen trägt! Michi möchte dies auch!"

„Wie wird Euer Bub heißen? Wisst ihr das schon?", Mimi ist etwas neugierig!

„Ja, es war von Anfang klar, er muss Josef heißen!"

„Das ist schön!" ruft Mimi aus.

Richard, der Pragmatiker, überlegt, „Wo bekommen wir einen Chefkoch her? Soll ich den Petzner fragen, wo Josef auch gerne hinging?"

„Ja, ist eine gute Idee, ich werd ihn gleich anrufen! Gehen wir doch heute Abend zu ihm essen! Reden wir mit ihm!" hängt Richard gleich an.

„Ihr seid so liebe Freunde, aber ich muss hier sein, im Lokal. Bitte nehmt Franz mit, was er will, will ich auch, wir sind in allem einig! Und Franz kennt sich sehr gut aus, auch besonders in den wirtschaftlichen Fragen des Lokals! Josef hat meinem Mann voll vertraut!"

Richards Telefon läutet, Richard, der zwar kein Technikfreak ist, hat sich doch schon zu einem Smartphone aufgeschwungen, auch wenn er es fast nur als Telefon benützt. Schilling ist am Telefon und will ihn über den weiteren Verlauf der Untersuchungen informieren. Richard hasst es, in einem Lokal lautstark zu telefonieren, er steht auf und geht in die Garderobe, „Herr Kommissar, was gibt es Neues! Freu mich, Sie an der Strippe zu haben," lacht er.

„Doktor Watson", Schilling kann es nicht lassen zu ätzen, „viel hat sich getan, seit dem wir uns das letzte Mal gesehen haben! Ich würde mich gerne mit Ihnen zusammensetzen und dies besprechen, Ihre Meinung ist mir wichtig. Wir haben Geschäftsunterlagen aus dem Stift, in dem Herr Bauer beschäftigt ist!"

„Lieber Sherlock, wie haben Sie diese denn so schnell bekommen? Haben Sie da getrickst? Sie Holmes!"

„Na ja, wir haben uns schon etwas situationselastisch verhalten!"

„Wer ist ‚wir?"

„Na ja, eine Mitarbeiterin und ich!"

„Hab´s doch geahnt! Dass Sie Ihre Fittiche ausbreiten werden, neudeutsch Sie ‚coachen' jemanden Speziellen!"

„Ist auch sehr speziell, die Kollegin!"

„Herr Kommissar, wir sind gerade im Lokal Preinschmidt zu einer Besprechung, heute war ja die Testamentseröffnung, wird auch Sie interessieren. Und wir haben gerade beschlossen, heute abends zum Petzner hinter der Oper zu gehen, wir brauchen seinen Rat. Kommen Sie doch auch, nehmen Sie doch bitte auch Ihre spezielle Mitarbeiterin mit, die doch recht scharf denken und auch so handeln kann, so wie unbescholtene Bürger in die Schranken zu weisen!"

„Das können Sie nicht vergessen, da oben am Teich! Werde sie gleich fragen, denke schon, dass sie einverstanden ist!"


Wolfgang Petzner freut sich über seine Gäste. In seinem Gesicht ist noch immer der Schreck über den Tod seinens Freundes eingeschrieben. Wolfgang und er waren seit ihrer

Jugendzeit befreundet, hatten zusammen über ein Jahr bei dem weltberühmten Münchner Starkoch im ‚Aubergine' gelernt und gearbeitet und, sie waren ohne jeglichen Konkurrenzneid gewesen. Wolfgang Petzner war ein wirklich guter Kollege und Freund Josefs. Unter Starköchen ja nicht unbedingt die Norm, auch wenn sie sich in den „Seitenblicken" des Fernsehens, einer Quatsch- und Tratschsendung über die sogenannte und meist selbst ernannte High Society, ‚liebevoll' umarmen.

Die fünf Frauen und Männer am Tisch haben ausgezeichnet gespeist, Franz sagt, „fast wie bei Josef, aber doch nur fast".


Schilling berichtet die wichtigsten Neuigkeiten, Entwicklungen im Fall Preinschmidt: „Ohne meine Mitarbeiterin, Frau Staller, wäre wir sicherlich nicht so weit gekommen, ich glaube, mein Instinkt da draußen am kalten Fischwasser hat mich nicht getrügt," sagt er zu Richard hin.

Mimì hat das Gefühl, dass der Frau Inspektorin etwas rötliche Farbe ins Gesicht gefahren ist.

Ihre Gedanken schweifen etwas ab, zu der Zeit zurück, ist ja erst zwei Jahre her, wie sie und Richard sich kennen gelernt hatten, wie ihre Liebe zueinander so wunderbar gewachsen ist! Sie spürt es, hier ereignet sich wiederum das so unsagbar schöne Wunder, wie sie, Richard und sie, es erleben durften!

Mimì liebt Lyrik, ihr fallen so viele Texte über die Liebe ein, wenn sie Frau Staller ins Gesicht sieht. Wie schön ist es mitzuerleben, wenn Liebe entsteht, langsam, ganz behutsam wächst. Mimi weiß dies schon heute, es ist in deren Gesichtern abzulesen, ja vorgeschrieben, diese Zwei werden zueinanderfinden! Mimì war schon immer tiefsinnig veranlagt.

Frau Staller skizziert kurz die Unterlagen aus dem Stift, einen echten Betrug konnte sie aber noch nicht herausfinden. Sie müsse noch weitere Untersuchungen machen, insbesondere auch Abgleichungen mit den Banken und den Unterlagen des

Herrn Meinhardt, dem Kollegen von Herrn Bauer, stünden noch aus.

„Dann werden wir beantragen, dass ein Beamter aus der Abteilung Wirtschaftskriminalität Sie unterstützt. Es geht nicht an, dass Sie die nächsten Tage nur mehr am Computer verbringen, wir brauchen Sie auch noch anderweitig."


Franz berichtet gerade über das Treffen beim Notar, und dann über die Überlegungen vom heutigen Nachmittag. Richard denkt sich, das ist doch ein gescheiter Kerl, der Franz, wie der gut und klar verständlich sich ausdrücken kann! So viele junge Menschen können sich nur schlecht artikulieren, die Beherrschung des Deutschen in Sprache und Schrift auch unter Universitätsabsolventen ist heutzutage keinesfalls als selbstverständlich anzusehen, da gibt es erschütternde Berichte!


Franz drängt etwas, auf ihren ursprünglichen Grund für den heutigen Abend zu kommen. „Wir brauchen jemand für die Küche, einen Chefkoch, ich kann das nicht, Michi auch nicht, wie wir schon besprochen haben, auch die Adventzeit mit den vielen Weihnachtsfeiern kommen auf das Lokal zu!"

Wolfgang Petzner hört aufmerksam zu. Momentan fällt ihm niemand ein, insbesondere in der Wiener Kochszene, der passen könnte.

Da fällt Frau Staller in das Gespräch ein, „Mein Cousin ist Sous-Chef in in einem 2-Haubenlokal in Ischgl, Tirol. Momentan ist dort noch keine Saison. Hab´ zwar noch nie bei ihm gegessen, aber er sei sehr tüchtig, so hört man in der Verwandtschaft! Ich frag ihn, ob er aushelfen könnte."

„Das wäre großartig, ist er in Tirol?", fragte Franz.

„Möglich, sogar eher wahrscheinlich, weiß es aber nicht so genau."

„Liebe Frau Staller," beginnt Schilling, Richard fragt sich schon etwas, warum Schilling immer ‚Liebe Frau Staller' sagt, kennen sich die Zwei schon so gut? Hat sein ‚neuer Freund', wie er ihn seit dem langen Gespräch bei ihrer Fahrt zum Fischwasser für sich einschätzt, ein wenig Feuer gefangen?

„Liebe Frau Staller, da wäre dem Lokal wirklich gut geholfen!", Schilling lächelt so vor sich hin, „wir müssen doch auch an unsere Zukunft denken, wo wir gut essen können, ist doch wichtig!" Was oder wen er mit ‚wir' meint, ist nicht eindeutig, etwas ungewöhnlich bei jemanden, der sonst einer klaren und gut verständlichen Diktion huldigt!

Schillings „Liebe Frau Staller" hat inzwischen ihren Cousin, den Sohn der älteren Schwester ihrer Mutter, telefonisch erreicht. „Johannes, ich hätte eine Frage an Dich, kannst Du momentan sprechen?"

„Fritzi, für Dich bin ich immer da, das weißt Du doch!"

„Du warst immer ein Süßholzraspler, mein lieber Cousin! Ich, wir brauchen einen erfahrenen, sehr guten Koch," beginnt Frau Staller. Sie war aufgestanden und vom Tisch weggegangen, die Augen Schillings sind ihr gefolgt, mit einem bewundernden Ausdruck, bis sie im Lokaleingang stehen geblieben war, „einen, der für Josef Preinschmidt, der plötzlich verstorben ist, einspringen könnte!"

„Hab davon gehört, die ganze Kochszene ist erschüttert!"

„Johannes, wir, wir sind mit netten Freunden momentan beim „Petzner" hinter der Wiener Oper und beratschlagen, wie es mit dem Lokal weitergehen soll! Willst du vielleicht mit dem Erben des Lokals sprechen, der wäre auch bei uns. Damit er dir mehr über das Lokal berichten kann?"

„Du, Fritzi, ich, wir sind in 5 und einer halben Minute bei Dir, wenn meine Lieblingscousine mich braucht, fliege ich natürlich sofort ein. Von Innsbruck geht minütlich eine Maschine direkt in die Operngasse, naja, den Scherz musst du mir schon erlauben. Fliegen ist nicht nötig, wir sind ein paar Häuser weiter im Cafe Mozart, Hansi und ich waren in „Rigoletto", war übrigens sehr schön."

„Hansi? Wiedereinmal eine Neue? Kaum passt man auf Dich nicht auf, geschehen schon Dinge mit unvorhersehbaren Folgen!" Dabei lächelt sie in sich hinein.

„Na, schon viel mehr," lacht er. „Sind gleich bei Euch! Und, wenn wir schon davon reden, wer ist „Wir"?

„Ja, ‚wir' sind ‚wir', sei nicht so vorwitzig! Wirst dann alle kennenlernen! Nach der Landung in der Operngasse!"

Frau Staller kommt zum Tisch zurück, immer beobachtet von Schilling, „Johannes kommt gleich, ihr werdet es nicht glauben, er meinte, es geht von Innsbruck minütlich ein Flugzeug bis in die Operngasse hierher ab! Ist sichtlich sehr gut gelaunt, der Johannes Staller! Scheint eine Neue zu haben, vielleicht deshalb! Er war mit ihr in der Oper, nehme einmal an, in Innsbruck!" Auch Frau Staller ist einem Scherz nicht abhold!

„Das ist dann der würdige Nachfolger von Josef, wenn er auch gerne in die Oper geht! Ist mir jetzt schon sympathisch, was sagst du, meine geliebte Mimi!"

„Mein Richard, spielst du auf die zweite Loge, erster Rang, links, an, wo eine Tafel angebracht sein müsste: Hier begann unsere Liebe! Kann mich erinnern, wie wenn es gestern gewesen wär!"

Die aufgehende Türe lenkt Dr. Schubert ab, sodass er nicht weiterfrägt, und ein gut Fünfunddreißiger kommt mit einer hübschen, sehr burschikos wirkenden, aber dennoch schicken Dame ins Lokal, sieht sich prüfend um, bis er seine Cousine gefunden hat. Freudig, die Dame vor sich hergeleitend, kommt er zum Tisch, „Frau Berger, Hansi Berger, und ich", sagt er, seine Cousine Fritzi anstrahlend!

Fritzi bekommt ein Küsschen auf die Wange, spontan umarmt sie Hansi Berger: „Und ich bin die Fritzi Staller, die ‚immer freche kleine Cousine' von Ihrem Johannes. Neben mir ist mein Chef, Herr Schilling, genannt ‚Doktor Kommissar, dann Franz Kugler, der mit seiner Frau das „Preinschmidt" übernommen hat, und dies sind Herr und Frau Dr. Schubert, und das ist mein Cousin Johannes, auch ein Staller!, mit Frau Berger."

Auf die etwas fragenden Blicke der Runde erklärt sie, nach dem die Neuangekommenen sich gesetzt und vom ausmerksamen Kellner mit Getränken versorgt worden waren. „Es ist fast unwahrscheinlich, aber so etwas gibt es doch, meine Mutter und ihre Schwester haben ein Brüderpaar geheiratet, die ‚Staller-Buben'. Und noch so eine Konstellation hat es in unserer Familie gegeben. Unsere Grossväter hatten auch zwei Schwestern geheiratet, es muss wohl eine ansteckende Krankheit sein in der Familie Staller, das Heiraten", lacht Frau Staller in die Runde.

Franz erklärt nun kurz die Situation, Johannes Staller erwähnt, er habe von dem Unglücksfall gehört und habe auch Josef Preinschmidt einmal kennengelernt, „muss ja schrecklich sein, im eigenen Fischwasser zu ertrinken!"

„Das kann man wohl sagen!", Franz spricht nun die Restaurantsküche an, „Michi und ich haben, besser werden das Lokal erben. Und nun wartet die Küche auf einen Chef, wir selbst kennen das Lokal in und auswendig, aber sind keine Köche!"

„Ich wollte mir eigentlich mit Hansi einige Monate Auszeit nehmen, weißt, Fritzi, wir haben etwas sehr Schönes vor!"

„Ihr werdet doch nicht noch mehr Stallers produzieren wollen!", ruft Fritzi Staller, auf das kaum sichtbare Bäuchlein von Hansi blickend, freudig!

„Sind gerade dabei, die Produktion läuft schon. Hansi und ich werden ein Mädchen bekommen, eine Stallerin. Im Frühjahr werden wir heiraten," dabei nimmt er die Hand seiner Hansi, „wir freuen uns schon darauf, und auf Maria, unsere Tochter!"

Da lacht Franz dazwischen, „da können wir ja eine Doppelhochzeit arrangieren, Michi und ich werden auch im Frühjahr heiraten, unser Bub, der Josef, kommt zu Ostern!"

„Dann werden also Maria und Josef zusammen aufwachsen?"

Nachdem Johannes Staller mit seiner Hansi sich besprochen hat, meinen beide, das mit der Auszeit könne auch verschoben werden. Franz und Herr Staller besprechen noch Einzelheiten. Der Kellner bringt eine Flasche Champagner zum Tisch, schenkt die Gläser ein, alle freuen sich, nur zwei der Damen wollen lieber einen Apfelsaft, Mimi und Hansi, natürlich naturtrüb.


Richard ist hellhörig geworden, kaum sitzen sie im Auto, Richard kann es kaum erwarten, schaut er Mimi fragend an, direkt fragen traut er sich nicht, so sensibel, wie er ist. In der Alserstrasse, als sie am alten AKH vorbeifahren, flüstert Mimi, „Ich weiss es noch nicht sicher, mein Liebling, hab heute einen Test gemacht, der positiv war. Morgen möchte ich nochmals einen machen, wollte es Dir erst dann sagen!"

Fast hätte Richard eine Notbremsung direkt auf der Kreuzung mit der Spitalsgasse gemacht, bleibt danach in zweiter Spur stehen, blickt seine Mimi an, er ist sprachlos, sprachlos glücklich! Nimmt nur ihre Hand, hält diese in seiner geborgen, er findet noch immer keine Worte.

# 13

Die Gruppe 2, Schillings Abteilung, ist, auch in Anbetracht der unkonventionellen Vorgangsweisen ihres Chefs ein recht verschworenes Team von Kriminalbeamten. Die zwei Oberinspektoren, deutlich älter als Schilling, kommen sehr gut mit ihm aus, ja, sie mögen den jungen Draufgänger. Ein weiterer, etwas jünger als sein Chef, ein an sich sehr ernster Mann, wundert sich immer wieder, wie er, der Chef, so manche Reibereien zwischen „Jung und Alt" behutsam, aber doch bestimmend, auflösen kann.

Und die „Neue", ja die haben alle rasch als wohltuend empfunden: endlich eine Frau, die auch durch ihre nette, erfrischende Art etwas Schwung in die männerdominierte kleine Welt der Gruppe 2 gebracht hat.

Es hat ihnen imponiert, wie ihr Chef über alle Dienstwege hinweg ihre rasante Übernahme bewirkt hatte! Seit Neuersten tragen alle Krawatten! Sie bemühen sich, ihr Kaffee zu bringen, auch Bäckereien und Obst finden ihren Platz auf den Schreibtischen. Der älteste der Oberinspektoren findet es auf einmal wichtig, dass Blumen ihr Auge erfreuen, auch zwei Zimmerpflanzen, die sie bisher gar nicht kannten, sind wie aus dem Nichts aufgetaucht und stehen nun zwischen den Fenstern. Und, was bisher kaum gewesen war, die Türe zum Chef steht immer offen, wie wenn er den Kontakt zu seinen Leuten suchen wollte.

Frau Staller, sie, die Mitarbeiter sagen ja sofort „Fritzi" zu ihr, hat den Schreibtisch, der am Weitersten von der Türe zum Chef entfernt ist, zugewiesen bekommen. Fühlt sich sehr wohl bei ihnen, sie hat alle sofort für sich eingenommen.

Ihr Schreibtisch, sichtlich wohl der betagteste, der im Depot der Polizeidirektion zu finden gewesen war, ist morgens mit einer Blumenvase geschmückt, die die Herren der Abteilung immer frisch bestückt halten. Ihnen ist schon aufgefallen, wurde ihnen auch nicht verheimlicht, dass eine besondere Beziehung zwischen dem Chef und Fritzi besteht, wenn auch dies unangesprochen bleibt. Sie kennen doch ihren Schilling schon gut, sie wissen auch ein wenig über seine immer unglücklich ausgegangenen Amouren Bescheid, sie kennen aber sein korrektes Verhalten ihnen gegenüber, auch sein striktes Trennen von Privatem und Dienstbetrieb.

Und es hat sich auch in der Polizeidirektion herumgesprochen, dass eine hübsche „Neue" in der Gruppe 2 ist, die Neugierde treibt auch Kollegen anderer Abteilungen in Schillings Ermittlergruppe.

Der Kollege aus der Abteilung, die sich besonders mit Kinderkriminalität beschäftigt, ist schon zum zweiten Mal in diesen Tagen voller Neugier aufgetaucht. Scheinbar gefällt Frau Staller ihm, er setzt sich diesmal einfach zu ihrem Schreibtisch und erzählt Fritzi von einem Ring rumänischer Krimineller. „Wissen Sie, die zwingen die Kinder zum Betteln auf die Strasse, wahrscheinlich werden die auch für Kinderpornografie und auch Prostitution missbraucht!"

„Frau Staller, wir haben die noch nicht erwischt, aber das sind ganz Schlimme! Trau mich gar nicht, darüber mit einer Frau zu sprechen!"

So nebenbei fällt auch der Name eines ihrer Hauptverdächtigen, Aleksandru. Plötzlich spitz Frau Staller die Ohren, ein Aleksandru wurde doch von Milica Dragovic erwähnt! Sie blickt auf, "Aleksandru? Sagten Sie Aleksandru?" wendet sich dem Kollegen zu, „Und der ist Rumäne? Wie heisst er weiter?". „Nein, leider kennen wir nur diesen Namen, eher nur ein Vorname. Aber warum ist der für Euch bedeutsam?"

„Wir ermitteln in einem Mordfall, bei den Recherchen ist auch der Name ‚Aleksandru' gefallen! Werde gleich mit unserem Chef reden, bitte bleiben Sie noch da!"

Sie stürmt zu Schilling hinein, in ihrer Hektik vergisst sie sogar, wiedereinmal, aufs Anklopfen, „Chef, da ist ein Kollege aus der Kinderkriminalität, der den Namen Aleksandru erwähnt hat!"

„Herein mit ihm, vielleicht ergibt sich da eine neue Spur in Ihrem Fall, Frau Staller!"

Meinte er wirklich ‚Mein Fall'? Ich habe einen eigenen Fall? Ist doch lieb von ihm, er ist doch wirklich nett, irgendwie mag ich ihn, ich fühle mich so gut aufgehoben, schon fast daheim bei ihm.

„Kommen Sie herein, wir müssen dies genauer besprechen," sagt er zum Kollegen, „Frau Staller ist da an einem Fall dran, in dem auch ein ‚Aleksandru' vorkommt! Und so viele wird es ja in Wien wirklich nicht geben! Ist doch ein eher seltener Name!"

Schilling ist von seinem Schreibtisch aufgestanden und geht dem Kollegen entgegen, „Auch wir haben leider keine verwertbaren Informationen über ihn. Wir müssen dies zusammen weiterbetreiben, es wäre doch fast unwahrscheinlich, dass es sich um verschiedene Männer handelt! Ein Foto habt ihr auch nicht?"

„Nein, nur den Vornamen."

„Und was machen diese Kriminellen genau?", fragt Frau Staller.

„Soweit unsere Ermittlungen schon gelaufen sind, bringen sie Minderjährige aus Rumänien hierher und zwingen sie zum Betteln, Stehlen und auch zu pornografischen Fotos, wahrscheinlich auch zur Prostituiton! Die Kinder werden nach Wien gebracht, unter schrecklichsten Bedingungen in Kleinlastern versteckt, so Kastenwagen, einen dieser Laster haben wir vor ein paar Tagen im Burgenland abfangen können! Drei Männer waren als Begleitung mit dabei, zwei konnten fliehen, einen haben wir verhaften können. Und diesen haben wir dann doch soweit gebracht, dass er ausplauderte. Und da fielen die Namen ‚Aleksandru' und ‚Jon'."

„Das muss doch ein unheimlich lukratives Geschäft sein, insbesondere wenn noch Pornografie und Prostitution dazukommen!"

„Ja, die Fotos, die im Internet auftauchen, zeigen Kinder beiderlei Geschlechts in auch grausamen Posen, ich trau mich gar nicht, vor der Kollegin dies alles genauer zu beschreiben. Kinder, die auch geschlagen worden sind, man sieht teilweise noch die blauen Flecken! Auch konnten wir einen kurzen Film im Internet aufspüren, der wirklich scheußliche Dinge mit Kindern zeigt, ein Kind, das wir schon bei den Fotos gesehen haben, hat darin mitspielen müssen!"

„Ich bin fast überzeugt, dass unser Aleksandru auch eurer ist, unserer schlägt auch gern und viel! Siehe Milicas Aussage! Chef, sollen wir uns nochmals die Milica vornehmen, vielleicht kommen wir doch über den Namen ihres Bruders weiter! Er heisst auch Jon, wird wohl Ihr ‚Jon' sein."

„Ja, diesmal laden wir sie aber doch offiziell vor. Wir sind ja nicht mehr allein. Ich werde sofort mit Ihrem Chef sprechen, Kollege, da müssen wir gemeinsame Sache machen! Sie und Frau Staller werden Kontakt halten und zumindest einmal täglich Informationen austauschen."

Schilling setzt beim Staatsanwalt eine Vorführung unter polizeilicher Aufsicht durch, die noch heute erfolgen soll.

Frau Staller will jedoch auf Nummer sicher gehen, dass diese Vorführung auch ihr Ziel erreicht, sie begleitet die Beamten, aber in Uniform. Milica ist zuhause, die Vorladung wird ihr zur Kenntnis gebracht, da laut Frau Staller ‚Gefahr im Verzug' sei, verlangen sie streng die Öffnung der Türe. Die Beamten untersuchen rasch die Wohnung, wobei aber keine Auffälligkeiten zutage kommen, lediglich ein Labtop, den sie mitnehmen.

Milica sitzt schon längere Zeit unter Aufsicht in einem Vernehmungsraum, sie lassen sie noch warten, sie hoffen, dass sich Milicas Furcht steigert. Die Untersuchung des Labtops hat nichts Einschlägiges zutage gebracht, keine Fotos, keine Filme! Nicht einmal gesichert durch ein Kennwort war der Labtop!.

Staller und Schilling, verstärkt durch den Kollegen der Kinderkriminal-Abteilung, Staller und der Kollege sitzen Milica gegenüber, Schilling geht hinter Milica auf und ab. Nun kommen die Fragen schon etwas schärfer als das letzte Mal, kommen gezielter auf ihren Bruder zu sprechen. „Wo ist Ihr Bruder, wie heißt Ihr Bruder", sagt milde Frau Staller, „wir müssen mit ihm sprechen!"

Der Kollege geht es schärfer an, er sagt ihr auf den Kopf zu, „Wenn Sie nicht sofort reden, werden wir andere Saiten aufziehen, das versprech ich Ihnen!"

Hinter ihr legt Schilling nach, „Wir werden dafür sorgen, dass Sie ausgewiesen werden, dann kommen Sie wieder in Ihr Dorf zurück, Sie können sich vorstellen, was sich dann dort abspielt!"

„Es wäre doch viel besser, liebe Frau Milica, wenn Sie uns helfen", säuselt die Staller.

Milica wird immer unsicherer, fangt an zu sprechen, hört wieder auf, setz nochmals an, Schilling unterbricht sie scharf, „Reden Sie endlich, Sie haben nur diese eine Chance!"

„Jon ist Halbbruder, heißt Jon Seridan. Und wo er ist, ich nix wissen."

„Gut, und wo wohnt er,"

„Ich nicht wissen!"

„Wo arbeitet Jon? Hat er eine geregelte Arbeit?", will Schilling wissen.

„Ich nix wissen!"

„Natürlich wissen Sie das! Arbeitet Jon? Wo!"

„Hat orangen Anzug!"

„Mistauto?"

Milica nickt.

Er sieht zu dem Kollegen hin, der daraufhin den Vernehmungsraum verlässt. Frau Staller bohrt weiter, „Und wo ist Aleksandru? Wie heisst er noch! Frau Milica, wir werden ihn sowieso finden, da wäre es doch besser, Sie sagen uns dies gleich."

Milica fangt zum Zittern an, „Ist schlechter Mann, hat Tätowierung auf beiden Armen, böser Mann! Schlagt zu, fest!"

„Und das sieht Markus nie? Sie müssen doch auch blaue Flecken haben!"

„Markus nie schlagen, schaut immer weg, wenn Aleksandru hat schlagen. Der kommt schlagen, rechts links eine, dann er bumsen, Markus dann abends ganz geil, blauer Fleck machen scharf, er sagen!"

„Wer ist Aleksandru? Wie heisst er," Schilling lässt nicht locker.

„Ich nicht wissen."

Schilling geht hinaus. Der Kollege kommt schon auf ihn zu und berichtet den genauen Namen und die Adresse des Jon, und er habe schon eine Vorladung erwirkt, er sei noch mit dem Müllauto unterwegs. „Ist aber erst seit ein paar Tagen dort angestellt. Den Kleinlaster mit den Kindern haben wir vor 7 Tagen sichergestellt und die Kinder sind schon wieder in Rumänien. Ist da wohl eine lukrative Einnahmequelle versiegt?"

„Wir müssen an diesen Aleksandru ran! Ich muss annehmen, dass er auch irgendwie mit unserem Mord zu tun hat. Ich hoffe doch noch immer, dass Markus Bauer seinen Vater nicht erschlagen hat! Den eigenen Vater! Wär doch furchtbar!" Auch Schilling ist noch nicht so abgebrüht, wie er manchmal tut.

„Aber es ist doch plausibel, dass er Jon kennt, auch diesen Aleksandru. Und was hat Milica das letzte Mal gemeint, dass dieser den Markus ‚Hopp gehen lasse'. Bei was? In seinem Beruf?"

Frau Staller kommt aus dem Vernehmungszimmer, fragt ihren Chef, ob Milica da behalten werden soll oder nach Hause könne.

Schilling meint: „Lassen wir sie noch da, dann wird sehr bald auch Bauer auftauchen!"

Jon Seridan, direkt vom Müllauto verhaftet, wird zu ihnen ins Büro gebracht, in der orange-roten Müllmann-Montur. Er wirkt eher verschüchtert, sehr ängstlich, gar nicht großsprecherisch.

„Wer ist Aleksandru, sagen Sie es sofort, meine Geduld ist zu Ende!", kommt scharf von Schilling.

Er antwortet nicht.

„Ich habe die blauen Flecken bei Milica gesehen, sagen Sie doch, wer Aleksandru ist, ist besser für Sie! Oder haben Sie die Milica, Ihre Schwester, so geschlagen?", die Staller legt einen scharfen Unterton ein, „Wär dann nur Körperverletzung, Sie kommen dann mit einem blauen Aug weg! Milica hat uns schon alles erzählt! Seien Sie doch vernünftig!"

Er wird immer unruhiger, „Wir wissen auch von geschäftlichen Beziehungen zwischen Aleksandru, Ihnen und Bauer, Sie können uns nichts mehr verheimlichen, dafür wissen wir schon zuviel. Und Milica droht die Abschiebung, Ihnen die Verhaftung! Wenn Sie reden, können Sie nur gewinnen!"

„Von einem ‚Geschäft' zwischen einem Herrn Aleksandru und Bauer ich nichts wissen, ich nicht beteiligt!"

„Bei was sind Sie nicht beteiligt! Reden Sie!"

„Ich weiss nur, Aleksandru beherrscht Bauer, warum ich nicht wissen!"

„Warum! Reden Sie!"

„Was wolltet ihr mit den Kindern in dem Kastenwagen, wir wissen, Sie waren dabei!"

„Welche Kinder, ich nicht wissen!"

„Sie waren beim Transport dabei! Aleksandru, Sie und der, den wir verhaftet haben, und der hat gesungen, aber wie! Wie ein Vogerl!" wirft mit scharfer Stimme die Staller ein, würde man ihr gar nicht zutrauen, denkt Schilling, wie bestimmend sie sein kann!

„Der kann nichts sagen, der war nur Fahrer, der nichts wissen!"

„Also Sie waren dabei, haben Sie eben gestanden! Dann sind Sie auch im Bilde über Aleksandru! Glaub ich Ihnen nicht, dass Sie über ihn nichts wissen!" Schilling beginnt, ungeduldig zu werden! Er will zu einem Ende kommen, hat keine Lust mehr, sich mit diesem verstockten Kerl abzugeben.

„Ich weiß nichts von ihm!"

Schilling geht zur Tür, holt den wartenden Polizisten und lässt Jon Seridan abführen, „Er bleibt heute bei uns, er wird nicht als zahlender Gast geführt, Kollege, Sie brauchen ihn nicht als VIP behandeln!"

Schilling weiß, dass die Beweislage gegen Seridan sehr mager ist. Der Untersuchungsrichter wird ihn morgen wieder freilassen. Freilassen müssen!


Frau Staller war wieder zur Milica gegangen, da stürmt Markus Bauer herein, „Warum haben Sie die Milica vorführen lassen, noch dazu unter Polizeibegleitung! Ich werde sofort meinen Anwalt anrufen!"

„Tun Sie dass, bin schon neugierig, welcher Winkeladvokat hier auftauchen wird! Inzwischen können Sie am Gang warten, ich hoffe, es ist nicht zu zugig für Sie draußen, ich bin ja so besorgt um Sie, will ja nicht, dass Sie sich bei uns im Amt verkühlen!"

Markus telefoniert am Gang herum. Sichtlich hat er keinen Anwalt oder dieser will nicht kommen. Ist auch gar nicht einladend, an diesem späten Nachmittag, frühen Abend, vor die Tür zu gehen, es nieselt kalt, wie Schilling feststellt, aus dem Fenster blickend. Viel lieber würde er mit Frau Staller in einem netten Kaffeehaus sitzen, mit ihr reden, aber sicher nicht über diesen vertracksten Fall mit lauter nix-wissenden´ Beteiligten!

Nebenan redet Frau Staller nochmals auf Milica begütigend ein, kann aber nichts Weiteres aus ihr herausgebringen, „ich glaub, die arme Haut weiß wirklich nichts. Wie immer, die Frauen sind nur Spielball der Männerwelt, ist doch immer so, werden ausgenützt, gedemütigt, sogar geschlagen, missbraucht!"

„Liebe Frau Staller, fühlen Sich sich bei mir auch so schlecht behandelt?", Schilling hat ein ganz trauriges Gesicht gemacht, würde sie aber am liebsten in seine Arme nehmen! Oder zumindest ihre Hand halten!

Fritzi schaut ihm direkt ins Gesicht. Denkt ,ich würde dir am liebsten jetzt einen Kuss geben', streift ganz kurz, so unabsichtlich wie nur möglich, mit ihrer Hand seine Wange, sagt etwas heiser, „Sie sind anders, ganz anders!" und dreht sich um, um der Versuchung zu widerstehen, ihm doch noch einen Kuss zu geben, nur so klein auf die Wange. Dann lächelt sie etwas, als sie denkt, ,müsste mich auf die Zehenspitzen stellen'!

Schilling ist zur Türe gegangen, holt Bauer herein. Frau Staller war schon wieder zu Milica ins Verhörzimmer gegangen, schaltet sie hier den Lautsprecher ein, der Schilling und Bauer deutlich wiedergibt.

„Können wir Sie nun befragen? Das soll kein Verhör sein, nur eine Befragung, bestenfalls als Zeuge!"

„O. k., der Anwalt kann nicht kommen. Soweit ich informiert bin, muss ich nichts sagen, was Sie gegen mich verwenden könnten. Ich hab ja mir auch nichts zuschulden kommen lassen."

„Herr Bauer, haben Sie sich nie gewundert, warum Ihre Freundin sooft blaue Flecken hat?"

„Nein, sie meinte immer, sie sei manchmal so ungeschickt, habe sich angeschlagen!"

„Und glaubten Sie dass? Flecken an Stellen, wo man sich kaum ungewollt anschlagen kann?"

„Ich muss dazu nichts aussagen!"

„Müssen Sie derzeit noch nicht. Wer hat Milica geschlagen?"

„Niemand. Weiß ich nicht."

„Herr Bauer, halten Sie uns für so blöd, Ihnen das abzukaufen? Mögen, lieben Sie Milica?"

„Das geht Sie nichts an!"

Schilling fragt nochmals, „Herr Bauer, lieben Sie Milica?"

„Schon, etwas."

„Wenn Sie sie also lieben, wie Sie gerade sagten, warum haben Sie Milica nicht verteidigt, jeder ordentliche Mann würde das machen! Sind Sie so ein Schwächling, so ein Schlappschwanz?", Schilling ist ernstlich ärgerlich über diesen Mann, der seiner Meinung nach die Bezeichnung Mann nicht verdient!

Frau Staller zu Milica, „Liebes, so einen Feigling haben Sie zu Hause, hören Sie nur gut zu!"

„Ich wollte Sie ja verteidigen, man hat mich gezwungen, still zu sein!"

„Wer hat Sie zu was gezwungen??"

„Niemand."

„Also niemand, und wer ist das? Der Niemand?"

„Ich kenn ihn nicht, ich weiß nichts!"

„Wenn der Niemand Sie an der Verteidigung Milicas gehindert hat, müssen Sie ihn doch kennen!"

„Na ja, ein bisschen hat es mich angetörnt, wenn sie Schmerzen hatte, beim Geschlechtsverkehr!"

„Ach so einer sind Sie, der Lust empfindet, wenn der Partner Schmerzen hat!"

„Nein, so habe ich dies nicht gemeint, sicher nicht."

Der Kollege aus der ‚Kinderabteilung' versucht einen Schuss ins Blaue: „Und haben Sie, Herr Bauer, es auch mit minderjährigen Mädchen getrieben, vielleicht auch mit Milica und einem Kind zugleich?"

Da wird Milica nebenan unruhig, „Ja, du Schwein! Ja, der böse Mann hat wollen das wir machen. Mit Kamera!"

„Also kennt Bauer doch den bösen Mann, den Aleksandru!"

„Nur hören, wir in Bett, böser Mann grosse Lampen aufgestellt, wirft Kleine ins Bett, sagt, Kleine soll Schwanz lutschen, ich muss streicheln und der Kleinen helfen, er mit Kamera aufnehmen! War immer schlimm, sehr furchtbar!"

„Milica, das habe ich auf Tonband aufgenommen! Sie sagten ‚immer', war das öfters, mit dem Mädchen?"

„Ja, ein paarmal. Ist mir gleich, alle Männer Schwein, Markus und der Böse! Alles Schwein! Alles Schwein, geflucht mal!"

„War auch Ihr Bruder Jon dabei?"

„Nie, konnte nicht zusehen wie Schwester muss bumsen, mit Kind in Bett! War nie dabei!"

„Milica, würden Sie das auch offiziell aussagen, vor Gericht?"

„Ich nichts gesehen und gehört, ich dummes Kuh!"

„Milica, ich hab das Gespräch aufgenommen, auf Tonband! Da kommen Sie nicht mehr raus! Sagen Sie doch gegen diese Männer aus! Es geht doch um das Leben von Kinder, auch um Ihr Leben! Wer ist Aleksandru? Sagen Sie es doch!"

„Ich nicht mehr sagen, ich stumm! Dummes Kuh!"

„Milica, sagen Sie doch gegen diese Männer aus!"

„Ich nicht mehr sagen, ich stumm! Männer Schwein!"

„Nein, Milica, nicht alle, nur die, die sich so an Ihnen und an Kinder vergehen!"

„Männer kaufen Film dann! Sagt Aleksandru!"

„Ja, Milica, die sind auch Schweine, das stimmt schon. Aber wenn Sie uns nicht helfen, das zu beenden, wird das immer so weiter gehen!"

„Ich nicht kennen den Bösen,, den Aleksandru, er mich nur bumsen, nix Namen sagen, hat Tätowierung auf Arm, beiden!"

„Was für Tätowierungen? Was ist da drauf?"

„Weiß es nicht!"

„Da müsste es dann doch einige Filme geben! Milica, ist auch Alexandru auf einem Film?", fragt Frau Staller.

„Ich nix wissen!"

Wird viel Arbeit geben, Filme mit Milica, mit Bauer und mit Kinder zu suchen! Aleksandru wird sicher sich nie gefilmt haben, da ist sie sich sicher. ‚Das kann ich aber nicht, solche Filme ansehen, es gibt dafür in der Abteilung für Kinderporno Spezialisten, die solche Filme anschauen können, war schon gut, dass der Kollege dieser Abteilung dabei ist.´

Fritzi überlegt weiter, ‚muss Schilling alles sagen, wir brauchen noch einige Fotos von Milica, auch von Bauer.´ Milica hat nichts dagegen, als Frau Staller sie mehrfach mit ihrer Handy-kamera aufnimmt, „Warum nicht, ich schöne Frau!"

Da hat sie ja recht, die Milica, sie wäre recht hübsch, wenn sie nicht sosehr in dem Schlamassel steckte! ‚So ein wenig gipsy-haftes Antlitz kann mir schon vorstellen, dass manche Männer auf sie fliegen!'

Bauer tut so, wie wenn er die Frage, ob er es auch mit Minder-jährigen getrieben hat, nicht gehört oder verstanden hat. „Tun Sie nicht so, Sie haben mich sehr wohl gehört! Haben Sie Kinder missbraucht? Ja oder nein! Und reden Sie nicht dumm herum!"

„Ich sage nichts, ich bin ein unbescholtener Bürger! Ich mach so etwas nicht!"

„Auch wenn ich es Ihnen beweisen kann?"

„Können Sie ja nicht!"

„Und wenn doch, wie wollen Sie da rauskommen? Niemand wird Ihnen helfen!"

„Beweisen Sie es!"

„Warten Sie ab, unser Tag wird noch kommen, Milica wird reden!"

„Meine Aussage als freier Bürger ohne Vorstrafen gegen die Aussage einer Hure, kein Richter würde da mitspielen!"
Da hat er ja recht, kein Richter kann ihn verurteilen ohne Beweise!

„Gehen Sie, ich kann Sie nicht mehr sehen!"


Abends, als Frau Staller und Schilling beim Essen in dem kleinen Beisel sitzen, Schilling meint, diese sich einstellende Gewohnheit sollten sie beibehalten, sind beide nicht mehr fähig, über Milica und Bauer zu reflektieren. Keiner will, keiner kann über diese reden. Schilling, ein Mann bester Erziehung, bester Manieren, mit Frau Staller zusammen zu sein, ist für ihn eine echte Freude. Und wenn man sich froh fühlt, kann es auch für einen Mann schon sehr schön sein, über sich zu sprechen. Was er noch nie bei früheren Bekanntschaften getan hat, drängt es ihn, von sich zu erzählen. Er fühlt sich einfach so wohl in ihrer, Fritzis Nähe.

## 14

Kommissar Schilling schaut seinem Gegenüber ins Gesicht, betrachtet die Augenbrauen, so schön geschwungen, die Augen, die in seine blicken! Wie wenn diese Augen ihn noch nie gesehen hätten, so ihn erforschend wirken diese, in ihm lesen wollend. Was hatte er immer falsch gemacht, wenn er verliebt gewesen war? War er der Grund gewesen, dass auch recht nette, liebe Frauen sich von ihm abgewendet haben. Selbstkritisch, ehrlich zu sich selbst ist er, ja nicht unbedingt eine Haupttugend des männlichen Geschlechtes, er versucht es, sich zu erforschen.

Was sehe ich in dieser doch noch so jungen Frau, was erwarte ich von ihr? Kann ich etwas erwarten, kann ich es erhoffen, dass dieser Mensch mir Sympathie entgegenbringt, so wie ich sie empfinde. Die fein geschnittene Nase, sich manchmal leicht blähend, der zarte Mund, das so wohlgeformte Kinn! Es gefällt ihm alles! Damals am Fischwasser, in der Nacht, bei schlechtem Licht, war er irritiert. Er war wie von einer unsichtbaren Hand berührt, ergriffen, hingewiesen worden, da, vor dir ist wer, der dir nicht aus dem Sinn gehen wird.

Seit diesem Moment hat er gewusst, zuerst nur unbewusst, dann immer mehr es wissend, er steht vor dem Menschen, auf den er soviele Jahre gewartet hatte.

„Alle in der Abteilung sagen zu Ihnen ‚Fritzi', ich finde diesen Namen so zu Ihnen passend, liebe Frau Staller, darf ich Sie auch so ansprechen!"

„Ich bitte Sie, natürlich, ich freue mich, endlich das ‚Frau Staller' ablegen zu können, Herr Kommissar!"

„Liebe Fritzi, danke, aber bitte nicht ‚Herr Kommissar', ich bin Sam. Das hab ich noch niemand gesagt, darf ich Sie bitten, im Büro Schilling zu sagen, ich möchte nicht, dass Sie, dass wir ins Gerede kommen. Sie kennen ja die Tratschereien, ich will Sie dem nicht aussetzen!"

„Sam, ein so lieber, schmeichelnder Name!"

„Liebe Fritzi, ich möchte Ihnen, auch damit Sie ‚Sam' verstehen, ein wenig erzählen, von meiner Familie, von mir, darf ich das? Wenn Sie es nicht wollen, bitte seien Sie ehrlich."

„Ich bin immer ehrlich! Wenn man einmal davon absieht, dass ich mich in Auftrag der Abteilung Schilling manchmal sehr grenzgängerisch verhalten hab," lacht Fritzi ihn an. Sie macht ihm Mut, den Schritt zu wagen, aus sich herauszufinden, das Schneckenhaus ‚Schilling´ zu verlassen.

„Ich werde Sie nicht langweilen. Wenn Sie aber dann Hemmungen bekommen, mit mir weiter zu verkehren, ich wäre traurig, sehr traurig, aber ich würde es akzeptieren. Ich, wir, meine Familie, sind das leider gewohnt."

Fritzi legt ganz zart ihre Hand auf seine, drückt sie leicht, „reden Sie, sprechen Sie sich frei!"

„Ich beginne mit dem Geständnis, ich bin Halbjude!"

„Was ist da so Besonderes daran, mein Vater ist Wiener, meine Mutter Alemanin, aus Lindau am Bodensee, die Mischkulanz sitzt vor Ihnen. Ist auch nicht viel anders", Fritzi drückt ganz leicht seine Hand.

„Die Vorfahren meines Vater kommen aus dem Osten der alten Habsburgermonarchie, wie viele andere Juden damals im neunzehnten Jahrhundert, wurden reich, sehr reich, sie waren wie viele zum Christglauben konvertiert. 1938 hatten sie alles verloren! Mein Vater konnte damals als Kind im Dezember 38 in einem der ersten Transporte von jüdischen Kindern nach England untergebracht werden, seine Schwester und er. Die Eltern mussten jedoch in Wien zurückbleiben und endeten 1942 in Treblinka. Mein Vater kam in einer netten Familie in der Nähe von Cambridge unter, auch aus Österreich stammend. Die war schon Jahre davor aus Wien, aber aus politischen Gründen, emigriert, die konnten sich mit dem herrschenden Austrofaschismus nicht abfinden. Eine Tochter aus dieser Familie hat er später dann auch geheiratet, das Ergebnis bin ich."

„Meinen Eltern war es wichtig, ihrem Sohn die bestmöglich Ausbildung zu ermöglichen, auch wenn sie sich etwas einschränken mussten. So studierte ich in Cambridge, Philologie, Anglistik und etwas Germanistik. Blieb dann als Dozent an der Uni, ich hab ein paar Arbeiten, auch Bücher geschrieben, aber der Wunsch, in Vaters, auch Mutters alte Heimat zurückzugehen, wurde immer grösser. Ich liebte England, Cambridge, die Uni, es war ein schönes Leben dort. Ich habe mich mit den Studenten gut verstanden. Um ehrlich zu sein, mit einer Studentin besonders gut."

„Nach dem Tod meiner Eltern bin ich dann nach Wien, der Wunsch hierherzukommen, war übermächtig geworden. Nach einigem Suchen hab ich mich dann hier bei der Polizei beworben, ich wollte etwas ganz anderes, ja konträres machen. Ich hatte in Cambridge auch eine Arbeit über die Motivforschung in der Kriminalistik, aber auf Englisch, verfasst, ich wollte nicht wieder in den Lehrberuf gehen. Und das war die beste Idee, die ich jemals in meinem Leben hatte. Ich hätte Sie sonst kaum kennengelernt, liebe Fritzi."

Wiederum so ein Augenblick, wo ich ihn am liebsten einen Kuss geben würde, denkt Fritzi.

Ihre kleine Wohnung, ihr Reich, empfindet Fritzi zum ersten Mal wie ein Schloss, und sich als Prinzessin. „Fritzi, ich glaub, ich hab mich verliebt, so ein Gefühl in mir hatte ich noch nie!

Ich bin verliebt, ich liebe, was sagst du dazu, Fritzi!" Sie steht im Bad und spricht mit ihrem Spiegelbild.

Schillings Nacht wurde durch heftigstes Telefongeläute unterbrochen. So schön hatte er geträumt! Er halte ein Bild von Fritzi in der Hand und sänge Mozarts „Dies Bildnis ist bezaubernd schön", „Herr Kommissar, in der Ottakingerstraße beim Bauer gibt's Stunk, Großeinsatz, ich will Sie nur informieren."

„Bin sofort da!"

Die Strasse ist abgesperrt, die Blaulichter kreisen unermüdlich, ein Rettungsauto und der Mannschaftswagen der Cobra-Leute etwas abseits, diese verteilt in Hauseingängen, an sich für diesen Bezirk ja kein so ungewöhnliches Szenario. Schilling läuft zum Einsatzkommandanten, der ihm in kurzen Worten die Lage berichtet:
Ein Mann, eher Ausländer, bedrohe in dem Haus dort mit einer Schusswaffe die Bewohner, hat schon einen Schuss abgegeben. Einigen Bewohner des Hauses ist es gelungen, zu fliehen, werden dort in dem Wagen betreut. Sie wüssten ansatzmässig von den Ermittlungen gegen Bauer, der auch hier wohnt, und haben ihn daher verständigt, dieser und seine Freundin ist nicht unter denen, die raus aus dem Haus konnten. Und man weiß noch nicht, wieviele noch im Haus sind.

Schilling hat es zuerst gar nicht bemerkt, aber plötzlich steht Fritzi neben ihm! „Muss mich um Milica kümmern, die arme Haut!", flüstert sie. Schilling berührt sie dankbar am Unterarm. „Bauer und Milica scheinen noch drinnen zu sein!"

Die Cobra-Männer arbeiten sich schrittweise zum Hauseingang hin, der erste, dann der zweite verschwindet im Haus. Zwei weitere folgen ihnen. Fritzi und Schilling, nachdem er mit dem Einsatzkommandanten gesprochen hatte, laufen geduckt hinter der nächsten Gruppe der Männer ebenfalls ins Haus. „Zweiter Stock, Türe links", sagt Schilling zu dem Cobra-Mann vor ihm, der das sofort an alle weitergibt. Schrittweise nähern sie sich dem Stockwerk, die erste Gruppe steht auf der Treppe zum nächsten Stockwerk und sichert den Treppenabsatz. Fritzi zückt ihr Handy und wählt Milicas Nummer, sie hebt nicht ab. Versucht es nochmals, nun wird das Gespräch angenommen, im Hintergrund hört man Schreien, Gepolter. „Milica, melde dich, wirst du bedroht?" flüstert Fritzi. Leise hört Fritzi, „Jon ist da! Hat Waffe in Hand!" Fritzi gibt es gleich an die Männer weiter.

„Ist auch Bauer da?"

„Ja, Waffe auf Kopf!"

„Milica, gib Jon das Telefon, muss mit ihm reden, du kannst mir vertrauen!"

„Jon, Polizeifrau will sprechen."

„Ich sprech mit niemand, ich muss Bauer töten, Aleksandru befielt dies, sagt es muss sein!"

„Milica, gib Jon das Telefon! Hat er ein Gewehr oder Revolver?"

„Revolver! Jon, Polizeifrau ist gute Frau, bitte red mit ihr!"

Es dauert einige Sekunden, dann hört Fritzi, sie hat ihr Handy auf laut gestellt, „Ich werd Bauer erschiessen müssen, er verlangt dies von mir!"

„Jon, tu es nicht, tu es nicht! Tu es nicht, denk an Deine Schwester! Dein und ihr Leben ist verpatzt, wenn du Bauer erschiesst! Dann stürmen wir die Wohnung, dann können alle tot sein, das willst du doch nicht, Jon! Sei vernünftig! Komme raus aus der Wohnung, die Waffe lege nieder!"

„Nein, kann ich nicht, er würde mich töten lassen, und Milica auch. Um Bauer ist es nicht schade, der ist ein schlechter Mann!"

„Leg die Pistole nieder, auf den Boden, komm raus! Es geschieht dir nichts! Ich versprech es!"

„Du bist nur kleine Polizeifrau, ist Kommissar da?"

„Ja, neben mir."

„Schilling hier, ich versprech Ihnen, dass Sie geschützt werden, Aleksandru kann Ihnen nichts antun. Kommen Sie heraus, Türe aufmachen, Waffe auf den Boden, Hände hinauf!"

„Gefängnis nicht sicher, einige von Aleksandrus Freunden sind dort!"

„Wir werden Sie schützen!"

„Milica, sag deinem Bruder, er muss rauskommen, bitte!" ruft Fritzi ins Telefon. Man hört nun ein Flüstern, wobei man vernehmen kann, dass Jon etwas zu Bauer sagt, so etwas wie ‚halt die Klappe, sonst bist tot, er erschießt dich mit der Schrottflinte, in Kopf'.

Die Kette von der Tür wird beiseitegeschoben, die Tür geht auf, Jon wirft die Pistole zu Boden und kommt heraus. Zwei Cobraleute nehmen ihn sofort fest, die anderen stürmen hinein. Sie finden Bauer an einem Stuhl gefesselt, Milica hinter ihm, weinend. Zwei Beamte der regulären Truppe bleibt bei Ihnen, sie jetzt in ihrem Schreckzustand zu befragen, ist sinnlos.

„Fritzi, Sie waren toll! Mein Bericht wird entsprechend ausfallen", hält sie zart am Arm.

## 15

Morgens im Büro, die Kollegen hören ihrem Chef zu, der etwas übernächtig seinen Bericht breit auswälzt. Die zwei Oberinspektoren bearbeiten zurzeit einen anderen Fall, sind aber sehr interessiert, was ihr Chef so plastisch schildern kann, man vermeint, man war dabei. Knapp vor dem Ende der Story, gerade wie Jon aus der Tür kommt, stürzt Fritzi herein, „Bitte um Entschuldigung, hab mich glatt verschlafen!" Und die Kollegen applaudieren ihr, ja, ihre Neue hat sich beim ersten gefährlichen Einsatz so außergewöhnlich bewährt, alle sind stolz auf Fritzi! Fritzi läuft blutrot an, ist sprachlos!

„Der Chef hat uns alles berichtet, wie Sie sich eingebracht haben, alle Achtung! Hätten wir Alten nicht besser machen können, ‚Fritzi lebe hoch'!"

Und die hat schon eine kleine Freudenträne im Auge, damit hätte sie nicht gerechnet, so eine Anerkennung durch die Kollegen, „Habe ja nur gemacht, was der Chef gesagt hat!"

„Na, das mit dem spontanen Anruf und dem Gespräch mit Milica, das war unsere Fritzi im Original!" fügt der Kommissar an.
‚Unsere Fritzi hat der Kommissar gesagt! Ich gehöre voll dazu!'

Vormittags verhört Schilling Jon Seridan, wesentliche, neue Erkenntnisse aber bekommt er nicht, auch die Befragung von Herrn Bauer und seiner Milica sind letztendlich frustran. Aleksandru bleibt unerkannt. Und warum Jon Bauer erschiessen sollte, kann ebenfalls nicht eruiert werden, Jon schweigt dazu. Bauer ebenfalls!

In der ‚Porno-Abteilung' laufen die Bildschirme heiß, 2 Filme mit Milica und einer mit Bauer, Milica und einem Kind können im Internet gefunden werden. Diese einschlägigen Plattformen zeigen schreckliche Streifen, auch die abgebrühtesten Untersucher verzweifeln. Aber, Aleksandru bleibt unerkannt.

„Auf Grund dieses Filmes", meint einer der Kollegen bei der Kinderporno-Abteilung, „könnten wir diesen Bauer verhaften, auch Milica Dragovic. Aber er ist einer der Hauptverdächtigen im Mordfall Preinschmidt, reden wir zuerst mit Schilling!"

Frau Staller nimmt den Anruf entgegen, ihr Chef Schilling ist bei einer Besprechung. „Ihr habt recht, für den Mordfall Preinschmidt wäre es besser, wenn Bauer noch auf freiem Fuss wäre, vielleicht führt er uns doch noch zu diesem Aleksandru! „Andererseit würde ich ihm den tiefsten Kerker mit Ankettung an einem Eisenring wünschen, so wie im Film „Der Graf von Monte Cristo"! Er wird uns nicht davon laufen!"

Mit Schilling bespricht sie das nochmals, er meint dann, es wäre wichtig, ihm den Zugang zu dem ihm vererbten Geld zu sperren. Der zuständige Staatsanwalt und der Richter sind einverstanden, es ist Gefahr im Verzug, dass Bauer mit dem Geld flüchtet.


„Wie man es dreht und wendet, dieser Aleksandru ist unser Mann! Um ihn in die Hände zu bekommen, müssen wir die Ermittlungen kräftig ausweiten!"

„Chef, wo sollen wir ansetzen? Alle Rumänen in Wien befragen", schlug der jüngere Inspektor vor?

„Das ist unmöglich! Schaut mal alle Handynummern durch, ob ein Aleksandru dabei ist? Gemeldet wird er ja nicht sein!"

„Das haben wir schon abgecheckt, negativ! Die vier Aleksandrus waren alle harmlos. Und er wird ein Wertkarten-Handy benutzen!"

„Wir müssen zu einem Foto von ihm kommen. Ein Phantombild anfertigen lassen, aber weder Bauer noch die Milica werden kooperativ sein. Und der Bruder Milicas, der Jon, schon gar nicht!"

„Die Michi Kunz könnte sich eventuell noch erinneren, wie der zweite Gast damals am Sonntag ausgesehen hatte!"

Um es vorwegzunehmen, das Phantombild des zweiten Gastes, das nach Michis Angaben gezeichnet wird, ist auf Hunderte anzuwenden!

# 16

Vor einigen Tagen waren 4 Kinder beim Betteln in der Innenstadt aufgegriffen worden, völlig verwahrloste kleine Wesen,
verschreckt, die nun in Einrichtungen der Caritas betreut
werden. Kinderpsychologen versuchen, mit Unterstützung
durch Dolmetscher, einen Zugang zu ihnen zu finden. Der
Weg, die Kinder aus ihrem Angstgebäude zu befreien, gestal-
tet sich sehr mühsam.

Die Polizei und die Caritas wurden schon früher einigemale
von einem rumänisch stämmigen Arzt und seiner Gattin unterstützt, und auch diesmal konnten diese sich einbringen. Dr.Se-
bran und seine Gattin sind beide in einem Spital in Wien
beschäftigt, er als Chirurg, seine Frau ist Apothekerin. Ihre 2
Töchter haben schon eigene Familien gegründet.

Dr.Sebran nimmt sich der Kinder in seiner freundlichen, netten
Art an, seine Frau kann aber doch leichter Zugang zu den Kindern finden. Sie, die Kinder gewinnen jeden Tag mehr Vertrauen, erzählen aus ihrem schrecklichen Leben, vom Zwang
zum Betteln. Einer der zwei Buben, so weit er wisse sei er
etwa 12, vielleicht auch schon 13 Jahre, stammt aus der gleichen Gegend wie Ani, die Apothekerin. Er schließt sich immer
enger an diese an und kann auch den Ort ungefähr bezeichnen, wo die Kinder untergebracht sind.

Eine sofort eingeleitete Durchsuchung bleibt erwartungs-
gemäß erfolglos, das schrecklich verschmutzte Matratzenlager
ist leer! Kein weiteres Kind ist zu finden.

Der hübsche Bub, anfangs noch stockend, erzählt Ani von
Fotos, die in allen möglichen und unmöglichen Stellungen von
den Kindern gemacht worden sind. Allein, zu zweit, auch meh-

rere Kinder zusammen. Fotos, auf denen sie mit Männern posierten, deren Glied sie in den Mund nehmen mussten. Fotos, auf denen ein Mann ihm sein Glied in den After gesteckt hat, von vorne und auch seitlich aufgenommen. Auch Dakaria ist schon mehrmals dran gewesen! Die besonders, die habe schon einen kleinen Busen.

Der Bub erzählt weiter, er sei auch mehrfach zu Sex mit grauslichen Männern gezwungen worden, diesen Männer zur Verfügung zu stehen. Er sei in eine Wohnung gebracht worden, wo diese war, wisse er nicht. Dort sei alles in Rot gehalten, ein großes Seidenbett mit einem Baldachin, ein weicher, flauschiger, ebenfalls roter Teppich vor dem Bett, ein ebenfalls roter Fauteuil neben dem Bett. Und dort habe der Böse, den sie schon kennen, ihn verprügelt. Der ist  dann in einer dunklen Ecke gesessen und passte auf, dass er sich ja nicht mehr wehre. Und er erinnert sich, es war sehr heiß in dem Raum, und er hörte eine Straßenbahn vorbeifahren. Da sind dann zwei Männer gewesen, die so Lederzeug getragen haben. Zuerst haben sie miteinander Sex gehabt, so von hinten, sagt der Bub! Dann haben sie von ihm verlangt, dass er den Penis des einen in den Mund nehmen soll, der andere hat ihn dann gepackt und ist ihm von hinten eingedrungen, dann nochmals umgekehrt. Das war das Schlimmste, dass er jemald erlebt hatte, sagte der Bub zu Ani.

Und der Böse, der sie immer schlägt, ist in der Ecke gesessen und hat zugeschaut, und gelacht! Der Bub: „Ich hab geheult, hat so sehr wehgetan, ich hab so geblutet! Wie Mist haben die mich dann weggeworfen, zu dem Mann in der Ecke, habe trotz der lauten Musik gehört, wie der leise sagte: „Jetzt hab ich euch, du Sauanwalt und dich dreckigen Weinbauern, das werdet ihr Schweine nie mehr vergessen!"

Dr.Sebran untersuchte ihn vorsichtig, seine noch recht massiven Verletzungen im Analbereich bestätigen den Bericht des Buben.

Und, der Böse, der Aleksandru genannt wird, ist der, der sie schlägt, sehr viel schlägt, damit sie gehorchen, und auch da in der Ecke gesessen ist! Und das Geld, das sie durch ihre Bettelei einnehmen, muss alles an ihn, dem Aleksandru, abgeliefert werden. Und, die Mädchen müssen stehlen, die seien geschickter damit. Die machen damit an einem Tag manchmal fast 500 Euro, manchmal auch mehr! Und zwei Mädchen, erzählt der Bub ganz leise seiner Ani, müssen auch Männern zur Verfügung stehen, Dakaria sei 12 Jahre alt, sei schon recht hübsch, sagt der Kleine mit traurigen Augen. Wenn sie dann wieder in ihr Matratzenlager gebracht wurde, hat sie nur geheult, und hat geblutet!

Alles dies ist so furchtbar, so erschütternd.

Während Fritzi und ihr Chef diese Berichte, die Dr.Sebran und seine Frau verfasst haben, lesen, läuft eine intensive Fahndung nach weiteren Kindern an, besonders aber wird dieser Aleksandru gesucht. In diesen Tagen werden noch zwei Matratzenlager gefunden, eines war leer. Im anderen 7 Kinder eingepfercht, in einem kleinen Raum, ohne Heizung, ein Kübel für ihre Notdurft! Ein Krug mit Wasser. Immer eine verschmutzte Matratze mit einer stinkenden Decke für zwei bis drei Kinder!

Fritzi und Schilling sind in ihren Nachforschungen im Fall Preinschmidt aber keinen Schritt weitergekommen.

Drei Tage sind seit der nächtlichen Aktion in der Ottakringer-Straße vergangen. Fritzi und der aus der Abteilung für Wirtschaftskriminalität, beide bearbeiten die auf etwas obskure Art in Polizeibesitz gelangte Unterlagen aus dem Stift. Anfangs hatte der Kollege scherzend gemeint, „Frau Staller, kann man sich Sie ausborgen, wir hätten einige interessante Firmen für Sie, die Sie auf Ihre Weise bearbeiten könnten! Sie sind beim Mord fehl am Platz, zur Finanzwirtschaft sollten Sie kommen!"

Schilling hat sofort Einspruch erhoben, „Ich gebe eine der bedeutendsten Mitarbeiterinnen nicht her." Fritzi überlegt, wie das wohl gemeint sei?

Die Durchsicht der Stiftsunterlagen stellte sich sehr schwierig dar, die von Herrn Meinhart waren unverdächtig. Bei den Buchungsunterlagen von Bauer befanden sich immer wieder Transaktionen, die man noch nicht weiterverfolgen konnte. Ein Verdacht, dass hier illegale Geschäfte erfolgt waren, konnte nicht festgemacht werden, noch nicht. Wie der Kollege aus der Wirtschaftskriminalität sagte, haben sie noch nicht zu allen beteiligten Banken Kontakt aufnehmen können, „Sie wissen ja, die verzögern, wo sie nur können! Man meint manchmal, die befürchten, man nehme ihnen etwas weg!"

„Vermuten Sie, dass da ein Zusammenhang mit der Ermordung Preinschmidts möglich wäre?"

„Bis jetzt besteht, außer dass Bauer der Sohn Preinschmidts ist, keine rekonstruierbare Konnektion. Leider ist so, bis jetzt!"

„Welche Verbindungen könnten bestehen? Versuchen wir das einmal aufzulisten," meint Schilling:

„1. Bauer hat irgendwelche Geschäfte zu seinem Gewinn durchgeführt. Hat dies Milica erzählt, die es dann an Jon oder Aleksandru weitergegeben hat. Er wäre da aber schön dumm, wenn er dies so gemacht hat!

2. Bauer wird mit den Filmen erpresst, die über sein schreckliches Sexualleben gemacht wurden, sodass er gezwungen wird, in seine Tasche zu wirtschaften, um die Erpresser zu befriedigen. Auch der Anspruch, den diese auf das Restaurant, das Erbe erheben, geht in diese Richtung. Klingt plausibel. Aber, ja aber!

3. Gelder, die durch Fotos, Filme, Betteln, Stehlen, Kinderprostitution zusammenkommen, werden irgendwie über Bauer sauber gewaschen. Wenn man noch weglässt, wie dies

überhaupt funktionieren sollte, wäre auch das recht gut möglich."

"
„Aber was hat das mit seinem Vater zu tun? Und warum wurde dieser umgebracht? Noch dazu mit einem Schlegel," wirft der Inspektor ein.

Fritzi antwortet, „Ja, Sie haben recht, das ist noch völlig im Unklaren. Aber ich spür es, da gibt es eine Verbindung, da muss es eine geben. Der zeitliche Zusammenhang weist auch darauf hin!"

Der Kollege, der sie „finanztechnisch" unterstütz, fügt zu Frau Staller gewandt dazu, „Wenn der Schilling Ihnen lästig werden sollte, Frau Staller, bei uns sind Sie hochwillkommen! Jemanden mit solch innovativen Vorgangsweisen suchen wir schon lange, und, wir wollen auch eine so hübsche Kollegin bei uns zu haben!"

„Raus jetzt aber mit Ihnen", ruft Schilling laut und kann ein stolzes Lachen nicht unterdrücken, er ist wirklich auf Fritzi stolz.

Als sie wieder allein sind, Schilling in seinem Büro telefonierend, Fritzi bearbeitet Protokolle, ruft er laut aus seinem Büro, „Fritzi, die Dr. Schuberts haben uns etwas mitzuteilen, sie möchten uns im Restaurant Preinschmidt heute abends treffen! Hab mir schon erlaubt, zuzusagen, ohne Sie zu fragen. War das sehr schlimm von mir?", fügt er treuherzig an, ging durch das leere Büro zu ihrem Schreibtisch, nimmt ihre Hand und küsst diese. Fritzi war so sprachlos, berührt von den Lippen auf ihrem Handrücken, ihr Blick wechselte von ihrer Hand in sein Gesicht und wieder auf ihre Hand zurück, die er noch immer in seiner hält. Sie spürt die Lippen noch immer auf ihrem Handrücken

„Ich würde gerne zuerst nach Hause, ich hole Sie dann hier ab", flüstert Fritzi ihm fast ins Ohr, gerade kann sie noch verhindern, ihn aufs Ohr zu küssen.

„Fritzi, ich werde immer beeindruckter von Ihnen, was haben Sie nur die paar Minuten zu Hause gemacht? Sie strahlen noch mehr als sonst!"

„Nur geduscht, um den Schmutz der Ermittlungen des heutigen Tages wegzuwaschen!"

Schilling betrachtet sie still von der Seite, ,sie ist ein ausgesprochen feiner Mensch'.

Mimi und Richard erwarten sie schon, beide mit einem glücklichen Gesicht, ganz ungeduldig, auch Michi ist bei ihnen.
Michi plaudert schon drauf los, dass sich Johannes, der Cousin Frau Stallers sehr gut in der Küche bewähre. Es ist schon nach nur 2 Tagen, wie es bei Josef gewesen war, „und die Gäste erklären alle, dass sie sehr zufrieden wären."

Sie und Franz sind ganz glücklich und möchten sich bei Frau Staller herzlichst für die Vermittlung bedanken! Dann lacht Michi, „das heutige Essen betrachten Sie bitte als Teil der Vermittlungsprovision!"

Nun ist es aber unmöglich, Mimi und Richard müssen zu Wort kommen, es ist nicht mehr zurückzuhalten: „Wir werden Eltern, Mimi bekommt ein Kind und ich werde Vater," sprudelt Richard heraus, die Hand Mimis haltend, „wir sind so glücklich! Und wir wollen unser Glück mit unseren Freunden teilen! Michi, bitte eine Flasche Schampus, so wie Mimis Bruder sagen würde!"

Alle lachen, auch Franz kann kommen und stösst mit ihnen an, nur Michi und Mimi sind mit einem Apfelsaft, natürlich naturtrüb, versehen.

Richard ist so glückstrahlend! Er spricht Schilling und Frau Staller an, „bitte, können wir nicht per-Du sein? Sichtlich haben Sie beide doch nicht vor, mich zu verhaften!", lacht er.

Nach dem Schluck ‚Schampus" beziehungsweise Apfelsaft, sagt Schilling, „diese junge Dame ist die Fritzi und ich bin der Sam," alle trinken nochmals, Sam küsst Fritzi die Hand.

Da kann sich Mimi nicht mehr zurückhalten. Sie ist so voll Glück über das Kindchen, das in ihr wächst, dass sie die Freude weitergeben will, ja muss. „Wisst ihr, vor zwei Jahren, waren wir auf einer Hochzeitsfeier von sehr lieben Freunden, da ist die Braut aufgestanden, hochschwanger, wie sie war, und hat etwas ausgesprochen, was ich nun auch möchte. Sie hat damals zu uns gesagt, sie sei nur schwanger, aber nicht blind, hat dann gefragt, ob mich Richard schon einmal geküsst hat. Worauf ich vorlaut sagte, ja, auf die Hand, und genau das sehe ich heute vor mir! Zwei, die sich mögen, sehr mögen!"

Aus der Küche bringt nun ein Kellner die Vorspeise, ein kleines rosig angebratenes Steak, das Steak mit einem gekochten, nicht gegrillten Languste-Teil bedeckt, dazu ein gebackenes Kartoffelpürre-Medaillon, mit dem Fleischsaft beträufelt. Hat Johannes Staller Aufzeichnungen von Josef gefunden? Vom „Surf und Turf", das Josef damals ihm angekündigt hatte?

Bei der Fahrt über die Höhenstraße zurück in die Stadt, Schilling geduldig am Beifahrersitz, bleibt Fritzi vor dem Cobenzl stehen, sie schauen auf das Lichtermeer der Stadt Wien hinunter. Und halten sich bei der Hand.

## 17

Bauer wird nun laufend überwacht, beschattet, Schilling hat dies durchsetzten können. Wann er morgens zum Stift fährt, wann er zurückkommt, wie lange er in seiner Wohnung bleibt, wohin er dann, mit oder ohne Milica, geht.

Alles wird notiert, auch wer tagsüber in das Haus geht, in welche Wohnung, wielange wer in der Wohnung Bauers bleibt. In den Tagen nach dem nächtlichen Einsatz, Bauer war danach nicht ins Stift gefahren, hat sich absolut nichts getan. Bauer ist nur einmal in ein Geschäft zum Einkauf, auch dabei wurde er beobachtet. Niemand hat mit ihm Kontakt aufgenommen! Das Telefon ist angezapft, auch dies hat der zuständige Richter bewilligt! Aber, nichts, keine Anrufe. Das Problem bei solchen Überwachungen ist, dass diese nur für eine bestimmte Zeit bewilligt werden können!

Als Bauer wieder in seine Arbeitsstätte gefahren ist, wurde ein Telefonat abgehört, aber dieses war nur einige Sekunden lang, konnte nicht zugeordnet werden, „Milica, bist du da?", „Ja.", und es wurde schon wieder aufgelegt. Unergiebig! Nicht zu orten.

Dann erst zwei Tage später, ein unbekannter Mann betritt das Haus, geht in den zweiten Stock, steckt rasch einen Zettel unter Türe durch und verschwindet wieder. Er wird, wie zufällig, eine Gasse weiter angehalten, weil er bei Rot über den Zebrastreifen gegangen sei. Die erhobenen Personaldaten sind nicht amtsbekannt, nichts liegt gegen ihn vor, er ist Rumäne, der nur schlecht Deutsch spricht. Er hat aber eine Aufenthaltsgenehmigung und geht einer geregelten Arbeit nach.

Und den Zettel, den sich die Beamten sofort aus der Wohnung besorgen wollten, hat Milica schon vernichtet.

Am Tag danach fährt Bauer abends in seinen Sportverein, auch dort hat er keinen verdächtigen Kontakt, zumindest kann nichts festgestellt werden!

Schilling liest die Berichte genau, es fällt ihm nichts auf. Erst als er diese nochmals durchgeht, stößt er auf den Sportverein.

„Da schauen wir uns einmal um, vielleicht finden wir was, geheime Fächer für Botschaften oder so. Bauer wird ja schon bemerkt haben, dass er überwacht wird, ebenso dass er abgehört wird."

Schilling bespricht mit Fritzi, „das machen wir aber wiedereinmal situationselastisch! Fritzi, Sie tun so", im Büro sind sie per Sie, „als wenn Sie sich einschreiben lassen wollen, wir haben genügend falsche Ausweise. Und Sie lassen sich alles zeigen, jeden Winkel!" Dann leise, „Bitte!"

Fritzi als nun angehende Spitzensportlerin, im Sportdress, sie ist zum Anbeißen, sagt Schilling zu sich.

Die Anmeldung im Klub bietet ihr kein Problem, sie zahlt sofort bar für einen Monat, was auf die Betreiber des Klubs sehr überzeugend wirkt. Man zeigt ihr alles, die vielen Sportgeräte, Trainingsgeräte, ihr wird auch der Garderobebereich, die Duschen, gezeigt, ohne dass ihr etwas auffällt.

Ein einem der größeren Räumen halten schwitzende Frauen sich auf allen möglichen Folterwerkzeugen fit. In einem anderen sind Männer, die nochmehr schwitzen. Die großen Schweißflecken auf den Trikots inspirieren Fritzi absolut nicht, sich auch solchem Martyrium hinzugeben.

Ein anderer Raum ist mit Turngeräten ausgestattet. Sie erkennt einen ‚Bock', über den sie in der Schule schon hat springen müssen. Die Sprossenwände, die Ringe von der Decke herunter, sie fühlt sich in ihr Gymnasium zurückversetzt. Damals schon gehörte der Sportunterricht nicht zu ihren bevorzugen Fächern. An einer anderen Seite waren diese komischen Keulen, die zur rhythmischen Sportgymnastik gebraucht werden, an der Wand aufgereiht. Alles wie in der Schule.

Sie setzt sich dann, so wie wenn sie die Sache vorsichtig angehen würde, im Trainingsraum auf eines der intelligenten Fahrräder. Und strampelt drauf los, bis ihr die Oberschenkel schmerzen, ihre Waden glühen schon. Auch auf ihrem Trikot beginnen sich Schweißflecken zu bilden, was ihr anzeigt, dass es nun genug zu sein hat. Auch wenn es für sie zu olympischen Höhen zu strampeln als Arbeitszeit gewertet wird, genug ist genug!. Das Fahrrad berichtet ihr, sie ist 25 Kilometer gefahren, NUR!

„Nicht schlecht für den Anfang, Fritzi! Werde den Kollegen großartig berichten, mindestens 35 Kilometer wären es gewesen, nur Sam werde ich nichts vorflunkern, Fritzi, versprich es!"

Einer der Oberinspektoren ist ganz fasziniert, dass Fritzi 40 Kilometer geradelt ist, und das als Arbeitseinsatz getarnt! Bei Schilling hat sie zwar die zurückgelegte Entfernung wieder auf das richtige Maß zurückgeschraubt, ihre Elastizität auch in dieser Situation ist doch zu bewundern. Weiters erzählt sie, außer einem Boxring war aber alles zum Sporteln da. Ihr ist nichts Ungewöhnliches aufgefallen, und „morgen fahre ich noch 15 Kilometer weiter, mit Widerstand auf den Großglockner, bergauf!"

Alle lachen.

„Besonders hat mich der Raum mit den Turngeräten an die Schulzeit erinnert, turnen war ja nie das Meine, aber die Ballspiele fand ich immer witzig! Und auch das rhythmische Herumfuchteln mit den Keulen bei..", Fritzi bricht plötzlich ab!

„Mir sind gerade diese Keulen an der Wand in den Sinn gekommen, bin mir aber nicht sicher, ob da nicht eine gefehlt hat? Die stecken ja so nacheinander aufgereiht, die eine Reihe weiß, die andere grün. Ich glaube, bei der unteren Reihe, der weißen, fehlt eine!"

Schilling wirft ein, „Wenn wir jetzt mit Blaulicht anrücken, ist es mit Fritzis Radrennen morgen vorbei, kein Großglockner! Nicht einmal auf den Kahlenberg hinauf bleibt dann übrig!" Er lacht Fritzi an, „Werde ich mich halt opfern und zum weiteren Training die ganze Höhenstraße laufen, und bei Michi einkehren, im verschwitzten Dress!"

„Da werden wir alle geschlossen auf Sie warten!"
Der Humor an der Abteilung Schilling hat gut 95% zugenommen, seitdem die „Neue" bei ihnen ist!

Trotz des Scherzens fahren der jüngere Oberinspektor und Fritzi zum Sportklub, diesmal ohne Sportdress, dafür in Uniform. Und, es fehlt wirklich eine der weißen Keulen. Diese sind ähnlich wie Baseballschläger, nur bauchiger, aus Holz und weiß bemalt! Sie nehmen eine mit, das Labor soll die Farben vergleichen. „So eine Keule liegt wirklich gut in der Hand, könnte mir denken, damit kann man ganz schön zuschlagen", meint Schilling, als sie ihm dieses Ding bringen.

Treffer, die Farbe ist dieselbe!

„Also, Bauer geht einmal wöchentlich in den Sportklub. Er hat Zugang zu den Keulen. Er nimmt eine mit, lauert seinem Vater am Fischwasser auf, schlägt zu, wie Preinschmidt mit dem Rücken zu ihm schon im Wasser steht. Preinschmidt fällt mit dem Gesicht nach vorne, diese dumme Wathose füllt sich mit dem schlammigen, vom starken Regen aufgewühlten Wasser, er rutscht weiter hinein in den Teich, ist durch den Schlag bewusstlos, ertrinkt. Das wäre eine doch recht plausible Theorie! Was sagt Ihr?" Schilling schaut in die Runde seiner Mitarbeiter.

„Klingt gut, Chef, aber wie kommt Bauer dorthin, dem Vater wäre Bauers Auto doch aufgefallen! Wer hat das Schrottgewehr entwendet?"

„Fragen über Fragen, die offen sind, aber wir haben heute durch die sportlichen Ambitionen unserer Mitarbeiterin einen grossen Sprung in unseren Ermittlungen gemacht, gratuliere Euch! Zumindest die Todesart kann damit fixiert werden."

„Aber noch ist nicht bewiesen, dass Bauer zugeschlagen hat! War es doch dieser Aleksandru? Hat der die Keule bei Bauer mitgehen lassen? Wie ist der zum Teich gekommen? Wo ist das Gewehr?"

# 18

„Fangen wir nochmals von vorne an, ich hab so ein Gefühl, wir haben etwas vergessen, übersehen! Gehen wir mal von der Motivseite an den Fall heran!", Schillings Leute haben einen Kreis gebildet, dazugestossen sind die Kollegen von der Wirtschaftskriminalität und ‚Kinderporno'. Ein Szenario, das gerne bei Gruppentherapien Verwendung findet.

Schilling fragt in die Runde:

„Wer hat ein Motiv, Preinschmidt zu ermorden?"

„Bauer!" darüber sind sich alle einig, wenngleich mit Vorbehalt.

„O.K."

„Was gewinnt Bauer mit der Tat?"

„Wie wir gestern schon sagten, unsere drei Punkte:

1.Bauer hat irgendwelche Geschäfte im Stift zu seinem Gewinn durchgeführt. Das hätten wir gestern schon verworfen!

2.Bauer wird mit den Filmen erpresst! Wirkt irgendwie unlogisch. Will er durch den Mord an dem Vater zu dessen Geld kommen, ist Mord nicht ein hohes Risiko, dass dieser aufgedeckt wird? Sein Vater hätte sicher ihm auch so geholfen!

3.Gelder werden von den Rumänen über Bauer reingewaschen.

Wäre das möglich, Kollegen?" Schilling blickt zu den Kollegen der anderen Abteilungen.

„Es geht darum, ob das Geld der rumänischen Bande über das Stift reingewaschen werden kann? An sich ja. Gehen wir davon aus, es kommen, vorerst ein fiktiver Betrag, im Monat einhunderttausend Euro zusammen, Kollege von der Kinderporno, ist das als möglich anzusehen?"

„Scheint mir real! Wir gehen ja davon aus, dass noch etwa 10 Kinder ‚arbeiten' müssen." Schilling ist durch dieser riesige Summe bedrückt, kann es wirklich soviele niederträchtige Menschen geben, in dieser, in seiner Stadt?

„Und diese monatlich, gesichert, außer Landes zu schmuggeln, ist gar nicht so einfach!", meint der Wirtschaftfachmann.

„Es ist also nicht von der Hand zu weisen, dass Bauer dafür sorgen soll, dass dieses Schandgeld reingewaschen wird?", wirft Fritzi ein. Sie findet es schrecklich, wie das Unglück der Kinder so nüchtern berechnet werden kann.

„Das große Problem ist doch, dass dieses Geld in bar vorliegt! Bauer kann doch dieses nicht monatlich bar bei einer Bank einzahlen, dass würde doch auffallen!", meint der Oberinspektor.

„Und wenn er aber das Geld bei verschiedenen Banken deponiert, jeweils zum Beispiel 40.000 Euro", meint Fritzi.

„Aber unter welchem Titel? Er kann doch nicht sagen, das alles kommt vom Opferstock in der Kirche", schmunzelt Schilling.

„Warum nicht, wenn er die Summen variabel einzahlt, einmal da mehr, einmal dort mehr, und es sind ja mehr als eine Kirche", Fritzi lässt nicht locker, „aber etwas viel für Opferstockgeld ist es schon!"

„Also bleiben wir bei 100.000 in etwa monatlich, wie wäscht er dann dieses Geld. Er muss es im Stift doch verbuchen! In den Unterlagen aus dem Stift ist nichts zu finden."

„Sorry, das weiß ich auch nicht, wie er da vorgehen müsste!"

Die Überlegungen gehen weiter. „Michi hat doch gesagt, damals an dem Sonntag vor dem Tod Preinschmidts, da wären zwei Männer im Lokal gewesen, die so etwas gesagt haben, wie dass ihnen das Restaurant bald gehören würde! Kann da irgendwie eine Verbindung bestehen? So was sagt man auch nicht im Scherz. Und dass die zwei Verbrecher waren, liegt auf der Hand: Die Kreditkarte war gestohlen!"

„Kann es sein, dass Preinschmidt verschuldet war?"

„Wenn wir die gesamte Erbschaft ansehen, kann ich beruhigt ‚nein' sagen."

„Hatte Bauer mit den Finanzen Preinschmidts etwas zu tun gehabt? Hat er sowas wie eine Buchführung für den Vater gemacht?"

„Soweit ich weiss, hat viel der Franz gemacht, sonst ein Steuerbüro in der Stadt. Seinem Sohn hat er zuwenig vertraut! Also auch diese Spur ist eher auszuschließen."

„Chef, Sie haben mich doch ins Stift geschickt. Vielleicht wollen die auch mit Geld in potente Betriebe einsteigen!" Fritzi denkt an ihren Tag im Stift zurück.

„Wäre auch eine Möglichkeit, wir sollten auch diesen Gesichtspunkt beachten!", wirft Schilling ein, „dabei haben wir wieder das Problem des Bargeldes!"

„Es muss ein anderes Hintertürl geben, das wir noch nicht beachtet haben!", der Kollege aus dem Wirtschaftsdezernat, „wenn überhaupt diese Variante läuft, und das wissen wir ja noch gar nicht!"

„Und wenn Bauer nicht der Mörder ist! Ich war nie wirklich überzeugt davon! Wer könnte es dann gewesen sein, dieser

Aleksandru, der Unbekannte? Ich will einmal eine andere Theorie aufbauen: Bauer ist von Milica auch sexuell abhängig, Milica hat sicher einen grossen Einfluss auf ihn. Milica selbst ist von Aleksandru abhängig, es gibt Menschen, die ihren Peiniger zwar hassen, aber ihm willenlos gehorchen. Fritzi, Sie haben etwas mehr in Milica hineingeschaut, könnte dies so sein?"

„Nicht von der Hand zu weisen, möglich wäre dies sehr wohl. Auch Mimi Schubert hatte so ein Gefühl geäußert!"

„Also", Schilling spinnt den Gedankengang weiter, „bleiben wir dabei, Milica macht alles, was Aleksandru will! Und Bauer macht alles, was Milica will. O.K., über diese Schiene will Aleksandru, dass Bauer seinen Vater einschüchtert, ihm zu erkennen gibt, dass er ihm, Bauer das Lokal überschreibt! Wir wissen nicht, ob Bauer am Tatort war, wir wissen nur, dass Preinschmidt mit dieser Keule am Hinterkopf getroffen worden war."

Schilling blickt von einem zum andern, eine Kunstpause einlegend.

„Hat Bauer dies getan? Oder doch Aleksandru? Bauer hat ein Alibi, von der Milica, aber ist dieses Alibi richtig? Wenn ja, was ich mehr annehmen möchte, dann war er gar nicht am Fischwasser!"

In Schilling setzt sich alles vor dem Gedanken zur Wehr, ein Sohn habe den Vater erschlagen. Obwohl, oder gerade weil dies immer wieder so ähnlich abläuft. Ein Vater will den Hof nicht übergeben, der Sohn kann nicht, will nicht länger darauf warten. Ist doch schon hunderte Male so passiert! Trotzdem, alles sträubt sich in ihm vor der Vorstellung, der Sohn steht hinter dem Vater und schlägt zu!

Wer dann?

„Nehmen wir an, Aleksandru war dort. Milica hätte es ihm gesagt, Preinschmidt hat doch mit Bauer kurz am Sonntagabend gesprochen, wahrscheinlich hat er gesagt, er fahre Montag morgens zum Fischwasser und braucht die Hilfe seines Sohnes. Die Keule hat er schon früher bei Bauer mitgehen lassen, wie er bei Milica gewesen war. Und er wollte Preinschmidt nur bedrohen, etwa so: „Überschreib uns Dein Lokal, sonst bringe ich Dich um", oder vielleicht: „Überschreib es an Markus Bauer!".

Bauer wäre dann nur eine Art Strohmann für Aleksandru!

„Und dieser hat mit der Keule nur ein wenig zugeschlagen, damit Preinschmidt merkt, dass er es ernst meint, der wird bewusstlos, fällt ins Wasser und ertrinkt! Aleksandru wollte ihn gar nicht umbringen, lebend ist Preinschmidt wichtiger. Oder er hat doch die Absicht, Preinschmidt zu töten , unter der Annahme, Bauer würde alles erben!"

„Das Lokal wird so eine halbe Million wert sein, vielleicht auch mehr. Ist doch ein Klacks, gegen die monatlichen Einnahmen aus dem Kindergeschäft!", wirft der Wirtschaftsdezernatler ein!

„Da sind wir wieder beim Schwarzgeld, dass sie reinwaschen wollen, vielleicht über das Lokal? Nicht über das Stift!"

„Wäre etwas wahrscheinlicher als über das Stift, da sind zuviele Augen und Ohren!"

Fritz legt ihre sonst glatte Stirn in sorgenvolle Falten, wirkt wie eine strenge Schullehrerin, und wirft ein: „Und wenn die das Bargeld ganz anders verwenden? Weder das Lokal noch das Stift ist sicher! Was wäre noch möglich? Das viele Bargeld ins Ausland bringen, etwa die Schweiz, ist doch recht beliebt heutzutage. Oder nach Liechtenstein?"

„Das könnte einmal, zweimal gut gehen, aber mit 100.000 Euro mehrmals über die Grenze? Das Risiko, dass sie auffliegen, ist riesig! Die an der Grenze passen irrsinnig scharf auf!"

Der Kollege der Abteilung für Wirtschaftkriminalität kennt dies, vor nicht allzulanger Zeit konnten sie in Zusammenarbeit mit den Grenzern einen großen Coup aufdecken! Gerade die Schweizer Grenze werde genau überwacht!

„Also eher auch nicht plausibel, auch hier ein extrem hohes Risiko!" Schilling wird immer deprimierter!

„Wenn, dann müsste es eine EU-Grenze sein. Die werden ja kaum überwacht!"

„Ungarn, Slowakei? Auch diese Grenzen werden nicht mehr kontrolliert. Und so viele kleine Übergänge sind ohne Kontrolle."

„Ja. Bin vor Kurzem über so eine Grenze gefahren, bei Schattendorf im Burgenland. Da ist niemand! Kein Polizist, keiner von der Zollwache, da fährt man nach Sopron rüber. Habe das so witzig gefunden, der Übergang ist in der Früh und am späten Nachmittag gesperrt."

„Durch einen Grenzschranken?"

„Nein, da steht nur so ein Schild, dass man zu diesen Zeiten nicht rüber fahren dürfe. Aus, Punktum! Ob sich da jemand daran hält?"

„Gehen wir weiter, wo ist das Gewehr, die Schrottflinte?"

„Das hat ja Preinschmidt wahrscheinlich selbst zum Fischwasser mitgebracht, wollte Wildenten schießen! Aleksandru hat es dann von dort mitgenommen."

„Oder doch der Markus Bauer! Aber in seiner Wohnung fanden wir es nicht!"

Der Kollege vom Kinderpornodezernat steht auf, „Kollegen, ich muss weg, wir haben gegen Abend noch eine Razzia in der Leopoldstadt geplant!"

„Danke für Ihr Kommen, Sie haben uns alle sehr geholfen." Schilling verabschiedet ihn.

„Da geh ich gleich mit, hab noch was zu erledigen", auch der Wirtschaft-Kollege muss weg.

„So, Kollegen, jetzt sind wir wieder allein! Gehen wir dies nochmals durch, von unserer Warte aus gesehen? Oder doch erst morgen früh?"

Vor ein, zwei Wochen hätte Schilling dies anders gesagt: „Wir gehen dies jetzt nochmals durch! Jetzt gleich!" Hat sich doch recht verändert, unser Chef, sinniert der ältere Oberinspektor, „was mag in den gefahren sein? Wird er auf einmal doch menschlicher?"

Alle sitzen erschöpft im Kreis, der gar kein richtiger Kreis mehr ist.

Die Kollegen nützen die Gunst der Stunde, der Chef ist heute so milde! Unauffällig verschwindet einer nach dem anderen.

Fitzi und Schilling sitzen nun allein, fast gegenüber, der zuerst geschlossene Kreis ist durchbrochen, nun müde und allein geblieben sagt Sam, die Augen vom Boden zu ihr hoch-hebend: „Fritzi!"

Ein ruhiger, erschöpfter Abend beginnt die Zwei zu umschlies-sen, in so wenigen Tagen hat sich so viel verändert, in einem Meer an Grausigkeiten ist etwas so Schönes entstanden, gewachsen! Wie konnte dies so sein, hat gerade die Bösartig-keit des Verbrechens sie zusammengeführt? So wie wenn es draußen blitzt und donnert. Man dann Schutz beim Anderen sucht?

Fritzi kann nur noch Sam ins Gesicht sehen, jedes kleine Fält-chen, die Bewegung des Mundes, dieses leise gesprochene Wort nimmt sie gierig in sich auf!

# 19

Fritzi muss am Samstag Journaldienst machen, noch, sie ist so froh, ist es ruhig. Ein wenig träumt sie so vor sich hin, was eigentlich nicht kriminalistisch als hochwertig anzusehen ist.

Das Telefon ruft sie aus ihrer Traumwelt abrupt zurück, „Fritzi, bin schon unterwegs, unterstütz Dich einwenig, ist ja Dein erster Bereitschaftsdienst!"

Und es ist ruhig. Bisher.

‚Wie schön ist es doch, als erstes am Morgen diese Stimme zu hören! Sollte immer so sein, jeden Tag, jeden Morgen', leise spricht Fritzi vor sich hin. ‚Jeden Tag, immer'.

Langsam taucht sie wieder in ihre Traumwelt ab, in ihre Kindheit, ihre Jugendzeit. Sie sieht ihre Mutter, die hab ich so lieb gehabt, sie sieht beide, auch den Vater, nebeneinander vor sich, Hand in Hand.

Auf einmal löst sich dieses Bild auf, Maria taucht auf, ihre einzige gute Freundin in der Oberstufe des Gymnasiums. Sie sieht sich neben Maria im Donaupark, sie laufen am Ufer entlang, halten sich an den Händen, lachen, springen über die Steine!

Ja, da läuft doch auch Merlin, ihr Hund, mit ihnen. Hüpft um sie herum, ein so lieber Spaniel, ein so schöner Tag, sie vermeint, die warme Luft zu spüren, den leichten Wind, sieht das Kräuseln der Wellen, Maria läuft weiter, immer weiter, wird immer kleiner, Merlin mit ihr, beide sind nicht mehr zu sehen, sie sitzt nun auf einem Felsbrocken.

Ein Fremder kommt näher, bleibt vor ihr stehen, nimmt sie hoch und küsst sie, ihre Lippen öffnen sich, sie küssen sich, sie presst ihn an sich, kann ihn nicht loslassen, will ihn nicht loslassen, dreht sich mit ihm im Kreise, sie erwacht, und-- hält Sam umarmt, fest an sich gedrückt, ihn gierig küssend. Mitten im Zimmer stehen sie, ihr Traum ist Wahrheit, oder ist es noch der Traum, der sie umfängt. Sie blicken sich an, saugen sich mit den Augen am anderen fest. „Ich hab geträumt, Dich zu lieben."

Blutrot ist sie geworden, wieder munter, „Was wird er nun von mir denken!", schießt es durch ihren Kopf, den sie auf seine Schulter gelegt hat.

Der noch junge Tag beginnt mit der Meldung eines Überfalls in der Innenstadt, es ist ein sonst ein ruhiger Samstag Vormittag. Ein Juweliergeschäft ist von mehreren Tätern gestürmt worden, nach dem der vor dem Geschäft stehende Security-Mann niedergeschlagen worden war, die Einbrecher haben den Juwelier als Geisel genommen.

Solche Meldungen gibt es immer wieder, das berührt die Mordkommission nicht. Im Text der Meldung steht noch, dass die Täter Rumänen seien, einer habe ein Gewehr, mit dem der Security-Mann niedergeschlagen worden war. Und dieser habe einige rumänische Worte gehört. Die Täter haben wertvolle Schmuckgegenstände an sich genommen und sind, mit dem Juwelier als Geisel, geflüchtet.

Fritzi liest dies im Polizei-internen Nachrichtendienst, als das Telefon Sturm läutet, Fritzi muss abheben: „Die Geisel in der Innenstadt, der Juwelier wurde erschossen! Die Geiselnehmer sind entkommen."

Als sie hört, dass Rumänen wieder am Werk waren, wird sie hellhörig.

Mit dem Einsatzwagen von der Wasagasse in die Innenstadt ist es nicht weit, schon wenige Minuten später ist Schilling am Tatort. Der nur angeschossene, kein bisschen erschossene

Juwelier wird im im eben angekommenen Rettungsauto erst-versorgt, „Ist nicht so schlimm, Herr Kommissar, wir bringen ihn aber doch ins Krankenhaus, sicher ist sicher!"

„O. k., wohin kommt er?"

„Ins AKH, Notaufnahme!"

Schilling ist in seinem Element, der Polizist, der zuerst ein-getroffen war, berichtet ihm, „Herr Kommissar, der Herr Schwandel ist ausgeraubt worden!"

„Das sehe ich, das ist aber nicht mein Jagdrevier, Sie sagten am Telefon, er sei erschossen worden!"

„War wohl etwas voreilig! Seine Frau ist im Geschäft, die Tat wurde genau hier, hundert Meter vom Geschäft, ausgeführt. Mit einem Schrottgewehr, nicht direkt angeschossen, der Schütze und sein Kompagnon sind geflüchtet, ich musste mich doch um der Verletzten kümmern!" Der Polizist scheint etwas überfordert zu sein.

„Natürlich, und der Täter geht jetzt mit einem dicken Sack voll Diamanten in Wien spazieren! Wissen Sie wenigstens, wie er ausgesehen hatte, wie die beiden ausgesehen hatten?"

„Habe praktisch nichts gesehen, die sind gerade in die Neben-gasse dort hinein, Herr Kommissar, so ein Parker-Kleidungs-stück und Schirmmütze war noch sichtbar."

„Sie sind ja nicht nur ein Spezialist der korrekten Mitteilungen, sondern auch klarer Personenbeschreibungen!"

„Danke, Herr Kommissar!" Der Polizist hatte wohl Schillings Sarkasmus nicht verstanden, auch gut, was solls, sind doch arme Kerle, die auf der Straße Streife gehen müssen!'

Vor dem Geschäft sitzt der Security am Boden, der am Kopf getroffen worden war, ein Sanitäter bindet ihn gerade ein, „Ist nichts Schlimmes, eine kleine Schürfwunde und der Kopf brummt!", berichtet der Sanitäter.

„Haben Sie etwas gesehen?" fragt Schilling.

„Nein, eine von hinten über Kopf und dann umgefallen, war kurz weg!" Der Mann, ein sehr bulliger, selbst ein Ausländer, dem hat der Schlag sicherlich nicht viel wehgetan!

„Nehmen Sie seine Personaldaten auf", sagt Schilling zum Polizisten. „Schon durchgeführt! Janis Iceausco, Rumäne, unbescholten und seit Jahren bei verschiedenen Sicherheitsfirmen beschäftigt. Sehe ihn fast täglich hier herumstehen mit seinen Knöpferl im Ohr."

Die inzwischen eingetroffenen Spezialisten für Einbruch übernehmen die weiteren Untersuchungen.

Aber Schilling ist schon im Geschäft, die Frau Schwandel zittert noch immer, sitzt eingesunken auf dem Sessel seitlich. Schilling nimmt sich einen Hocker und stellt ihr die üblichen Fragen: Was sie gesehen hätte, ob sie die Verbrecher erkannt habe und was diese gestohlen hätten, dann sagt sie von sich aus, „Herr Kommissar, da ist noch etwas, was Sie wissen sollten! Aber das möchte ich nicht hier besprechen. Es sind so viele Polizisten da im Geschäft."

„Kommen Sie bitte in mein Büro, wenn hier alles abgeschlossen ist und die Spurenleute gegangen sind", und gibt ihr seine Karte.

Im Allgemeinen Krankenhaus, kurz AKH genannt, kann Schilling den Angeschossenen ausfindig machen, nachdem ihm eine nur oberflächliche Wunde versorgt werden musste und einige Schrotkörner aus der Haut geborgen worden sind.

„Na, wie geht es Ihnen, sehr schmerzhaft?"

„Ist nicht so schlimm, denk, dass ich bald wieder ins Geschäft zurück kann."

„Na spielen Sie nicht den Helden! Das wird nicht möglich sein, Herr Schwandel, auch sind da noch die Spurenleute tätig, außerdem steht Ihre Gattin unter Schock! Sie hätten heute Mittag sowieso geschlossen. Das Raubdezernat benötigt eine Liste der gestohlenen Sachen. Können Sie diese anfertigen?"

„Und wie ist das ganze eigentlich abgelaufen? Fühlen Sie sich schon fähig, darüber zu sprechen?"

„Glaube schon. Also, meine Frau war hinten in unserem Arbeitsraum, dort bearbeiten wir auch den Schmuck, teilweise fertigen wir diesen ja einzeln an. Ich war im Laden, links seitlich an meinem Tischchen, ich habe eine Perlenkette aufgefädelt, eine Sache, die ich gar nicht gerne mache. Plötzlich wurde die Tür aufgestoßen. Unser Securty-Mann ist den Moment hinausgegangen, die Tür, die ja automatisch sich verschließt, war noch nicht ganz zu. Ich sehe durch die Auslagenscheibe, dass unser Security-Mann zu Boden gegangen ist. Zwei Männer, ohne Masken, nur so eine Schirmmütze tief ins Gesicht gezogen, ein grauenhaft gefärbter schmutzig-grünlicher Parker, schmutzige, eher dunkle Jeans, so Turnschuhe, eher dunklerer Teint, olivenfärbig! Die Zwei haben nichts gesprochen, nur mit einem Gewehr herumgefuchtelt, mir eine Einkaufstasche hingehalten, auf Schmuck und einige teure Uhren in der Vitrine gezeigt, die ich dann hineingetan habe. Will ja kein Held sein. Dann hat mich der eine gepackt und vor sich hergeschoben, raus aus dem Geschäft. Musste dann mit ihnen weiterlaufen. Dann hat der mit dem Gewehr auf mich gezielt, abgedrückt, dabei ist er, so glaub ich, irgendwie gestolpert, und hat fast daneben geschossen. Ich bin sofort zu Boden, die beiden sind weggelaufen. Meine Frau oder ein Passant, ich weiß es nicht, hat die Polizei und die Rettung verständigt. Das ist alles, soweit ich den Durchblick habe!"

„Würden Sie die Männer wieder erkennen?"

„Kaum, alles ist so schnell gegangen! Und die hatten auch die Kappen soweit ins Gesicht hinunter gezogen!"

„Gibt es noch etwas, das Ihnen einfällt? Was Sie zuerst nicht erwähnt haben, übersahen, zu sagen?"

„Momentan fällt mir nichts ein! Das Ganze ist irrsinnig schnell von sich gegangen!"

„Ich werde noch mit Ihrer Frau reden, alles andere ist Sache des Einbruchsdezernates und Ihrer Versicherung."

Es wird früher Nachmittag, bis die Frau Schwandel bei Kommissar Schilling erscheint, ja das ist das richtige Wort dafür, sie erscheint, ja sie tritt auf wie eine Primadonna. Im Geschäft konnte man es nicht so genau erkennen, dieses Gesicht haben schon mehrere Schönheitschirurgen unter dem Messer gehabt: die Halshaut gestrafft, nur wenige Fältchen verunzieren diesen. Die Stirnhaut ist fast glatt, die Unterlider ohne Tränensäckchen, die Wangen unnatürlich vorgewölbt, die Lippen wulstig, für Botox und Co. könnte sie als Werbedame effizient auftreten. Ein Gesicht praktisch ohne Mimik! Die Hände verraten dann die Wirklichkeit des Alters. Trotz dieses gestrafften, aufgespritzen Gesicht schätzt Schilling sie auf deutlich älter als ihren Gatten, gut 65 bis 70.

„So, Frau Schwandel, das ist die Kollegin Staller. Sie wollten mit uns sprechen?"

„Ich will, dass es aufhört!" In sich gesunken sitzt die Dame auf dem harten Stuhl vor Schillings Schreibtisch. Fritzi steht neben ihm.

„Was soll aufhören, Frau Schwandel? Erzählen Sie!"

„Herr Kommissar, ich weiß nicht, wo ich anfangen soll! Ich weiß nicht, ob ich bei Ihnen richtig bin. Sie haben so entgegenkommend gewirkt, als Sie im Geschäft waren, da ist es in mich eingeschossen: Dem erzähl ich nun alles! Einmal muss es ja sein, und ich meine, dieses Ereignis heute ist der zwingende Anlass dazu!"

Schilling wird aufmerksam, meint, dass es wohl länger werden wird. „Frau Kollegin, nehmen Sie sich bitte einen Sessel."

„Wie Sie bemerkt haben, bin ich etwas älter als mein Mann! Er ist alles, was ich hab, ich liebe ihn trotz allem. Wir sind da in eine Situation gekommen, die ja zu erwarten gewesen war! Ach, sag die Wahrheit, Bethel! Ich kann ihn nicht mehr so befriedigen, wie ich eigentlich will, er will mich ja lieben, kann es aber nicht mehr, einmal sagte er, ich wäre eine Botox-Mumie! Und mit einer Mumie ins Bett, das könne er nicht! Was ich auch mit mir anstelle, wie sehr die Chirurgen mich ver-jüngen wollen, welche Verführungskünste ich ihm auch vor-spielte, nichts nützte mehr. Gehen Sie einmal in eines dieser Erotikgeschäfte, Sie glauben nicht, was es da alles zur Reiz-erhöhung gibt! Aber, mein Gesicht haben Sie ja betrachtet, der Rest ist noch verfallener, ich bin eine alte Frau geworden, die einen deutlich jüngeren, agileren Mann liebt."

„Ich habe ihm dann geholfen, dass er seine Befriedigung anderswo bekommt. Nicht dass ich dabei sein wollte, ich habe ihm das finanziell ermöglicht. Und dann, wenn er wieder bei mir zurück war, hab ich noch ein wenig von der erlebten Lust abbekommen."

„Erzählen Sie weiter, Frau Schwandel, wir hören Ihnen zu", sagt Fritzi leise zu ihr, fast flüsternd.

„Frau Staller, ich möchte es Ihnen nicht wünschen, dass Sie einmal von den Almosen der Geliebten, der Huren Ihres Mannes leben, zehren müssen. In den Stunden, die er bei anderen Frauen verbracht hatte, habe ich gelitten, gezittert! Aber dann, wenn er wieder da war, war ich glücklich, glücklich, er ist ja zu mir zurückgekommen!"

Tief atmend, das Gesicht, das so maskenartige Antlitz, die aufgespritzten, fast wulstigen Lippen, es sieht aus, wie wenn alles nun zu schrumpfen beginne.

„Dazu müssen Sie wissen, dass ich die Besitzerin des sehr gut gehenden Geschäftes bin, schon mein Vater hat dies betrieben und mir dann weitergegeben. Und, mein Mann ist ein exzellenter Goldschmied und Juwelier, seine Kreationen faszinieren, werden uns fast aus der Hand gerissen."

„Ich hab davon gelesen, aber, Frau Schwandel, die Gehälter bei der Wiener Polizei entsprechen kaum den Wünschen, die ein liebender Mann für seine Frau haben kann! Und ein Kleinod, ein Diamant, soll die Liebe widerspiegeln, die für die geliebte Frau empfunden wird. Man wird nicht schöner durch ein Schmuckstück, die Geliebte fühlt aber die Liebe, die sie von ihm empfängt!", Schilling kommt ins philosophieren. Sam ist doch der tollste Philosoph, wie bezaubernd er dies gesagt hat, wie recht er hat! Natürlich, Fritzi ist auch eine Frau, ein wunderbares Juwel würde auch sie die Liebe des Mannes fühlen lassen!

„Da kann ich Ihnen nur zustimmen, Sie haben dies so richtig gesagt. Aber für uns ist es wichtig, auch Umsatz zu machen, wir müssen verkaufen, an jeden! Und immer wieder kann man das erkennen, was Sie, Herr Kommissar, eben sagten."

Ganz klein ist sie auf dem Sessel, so verletzt. So verletzlich!

„Aber kommen wir wieder zum ursprünglichen Thema zurück. Mein Mann war dann, wie auch er etwas älter geworden war, nicht mehr so zufrieden mit den üblichen ‚Damen', sie mussten immer jünger werden. Diese Jüngeren finden sich aber nicht so leicht im ‚Milieu', diese werden nur vermittelt, angeboten, von oft gar nicht astreinen Zuhältern. Man kommt dann immer mehr mit Männern in Kontakt, die zwielichtig sind, und je jünger die Mädchen werden mussten, umso gefährlicher wurden diese Kontakte."

„Manchmal dachte ich schon, dass vielleicht gerade die Gefahr auch einen großen Reiz ausgeübt hat, die Spannung höher schnellen lies. Er erzählte einmal, dass der Reiz einer echten Absteige, eines herabgekommenen Ambientes ihn noch zusätzlich anmache. Ich war damals so traurig geworden! Er sagte dann noch, „weißt Bethel, wenn so ein zwölf-, dreizehnjähriges Mädel in dem Bett, dass schon zerwühlt und befleckt ist, vor dir liegt, die schon kleine Brüste hat, unten Härchen, da ist die Lust kaum mehr zu überbieten!" Und dies wiederholte sich, meist einmal so alle zehn, vierzehn Tage. Er ist schon so unruhig geworden, die ein, zwei Tage vorher."

„Und wo das stattgefunden hat? Ich weiß es nicht, will es auch gar nicht wissen. Ja, damit musste ich leben, leben lernen. Und am Tag waren wir wieder die kreativen, aber sonst biederen Juweliere. Dieser Zwiespalt zwischen dem Verbrechen, ja es war ein Verbrechen, und dem äußeren Schein war für mich eine furchtbare Belastung!"

Fritzi ist niedergeschlagen, bedrückt von diesen Schilderungen, ‚gibt es wirklich solche Menschen, solche Unmenschen, verdienen die noch die Bezeichnung Mensch?'

„Mein Mann war dreimal, vielleicht viermal mit den Minderjährigen, ja noch Kindern, im Bett gewesen war. Er erzählte mir danach immer alles haarklein, wie wenn er es dadurch nochmals erlebte. Zwei, drei Wochen später, ja dann kam zum ersten Mal ein bislang fremder, sehr distinguiert wirkender Herr ins Geschäft, wirklich elegant, eher aus dem ehemaligen Osten stammend, sprach aber fast perfekt Deutsch. Da gibt es eine Menge sehr schnell zu Reichtum gekommene Männer! Wir dachten auch, der könnte aus einer Botschaft stammen. Er wählte ein sehr schönes, sehr teures Schmuckstück aus, betrachtete es sehr intensiv, wie wenn er sich bezüglich der Echtheit Gedanken machen wolle. Wir haben es prächtig eingepackt und in eine der kleinen Einkaufstaschen mit unserem

Logo getan. Statt der Bezahlung sagte er dann so beiläufig, das Schmuckstück sei nur eine ganz kleine Kompensation für die Mädchen, die meinem Mann vermittelt werden."

„Wir waren wie vom Blitz getroffen, erstarrt, mein Mann sagte, „ich habe doch soviel gezahlt, was wollen Sie den noch!"

Dieser Mann lachte nur, „Was glauben Sie, diese paar Tausender reichen! Was stellen Sie sich vor, was es uns kostet, immer neue, unverbrauchte Ware für Sie aufzutreiben!" Er sagte wirklich ,Ware', ich war konsterniert!

„Das sind doch Mädchen, das ist keine Ware", wagte ich einzuwerfen.

„Wenn Ihr Mann daran gewesen ist, sind die tagelang, manchmal eine, ja zwei Wochen, nicht mehr verwendbar, so brutal wie er ist! In der Zeit bringen die nichts ein! Dafür müssen Sie nun auch bezahlen!"

„Ware, brutal, nichts mehr einbringen! Wir waren schockiert!"

„Und dies wiederholte sich, immer wertvollere Schmuckstücke mussten wir hergeben. Uns war nun klar geworden, er erpresst uns, immer wieder! Vor einigen Tagen haben mein Mann und ich ihm dies verweigert, ich sagte damals, wir gehen zur Polizei! Er schaute uns nur belustigt an, sagte in einem scharfen Ton: „Gehen Sie doch zur Polizei, rufen Sie an", und hielt uns sein Handy hin. In der anderen Hand hielt er Fotos, die meinen Mann mit diesen Mädchen, ja noch Kindern, im Bett zeigte! „Los, rufen Sie an, die Polizei wird an den schönen Filmen ihre Freude haben, und die Medien werden aufjubeln. Kann schon die Schlagzeilen des Boulevards vor mir sehen: »Sexbesessener Nobeljuwelier erpresst! In Haft wegen Kindesmissbrauch!« Da können Sie zusperren!"

„Dummerweise blieben wir diesmal bei dem Entschluss, mit den Erpressungen ein Ende zu machen. Mein Mann war am Ende! Er war nicht mehr willens, dem Mann zu gehorchen. Die

Rechnung wurde uns heute serviert! Ich bin überzeugt, dass dieser Überfall nur ein Warnschuss war, der uns zeigen sollte, was passierte, wenn wir wirklich zur Polizei gingen!"

„Und diesen Schritt zu Ihnen habe ich nun getan, wie schwer er auch für mich gewesen ist. Da Sie, Herr Kommissar, so freundlich gewirkt haben, ich hatte das Gefühl, Sie haben Hilfsbereitschaft signalisiert. Nach dem Anschlag heute, noch im Geschäft, war mir klar geworden, dass dies der einzige Weg ist, zu überleben," und fügte nach einer kleinen Pause an, „und die Kinder zu retten!

Starr, ohne eine Regung zeigen zu können, still, kein Wort kommt ihnen über die Lippen! Auch Frau Schwandel ist in sich gesunken, es ist nichts mehr zum Sagen übrig geblieben.

Schilling sieht vor sich die Welt seiner Stadt, die mühsam aufgebauten Fassaden, die da und dort bröckeln, in sich zerfallend das Konterfei des Schreckens dahinter freigeben. Wieviel Schmutz kann es geben! Sie, Fritzi und er, haben in den letzten Tagen so viel Müll, so viel Schutt sehen müssen, ist das wirklich seine Stadt, sein Wien? Das Wien seiner Eltern, in das er mit Freude heimgekommen ist?

Er hatte seit seiner Rückkehr aus England viel Gewalt, viel Böses gesehen, sehen müssen. Aber wenn Kinder beteiligt sind, wenn Kinder zu Schaden kommen, wenn Kinder missbraucht werden, dann ist das höchste Gut, das wir Menschen besitzen, in Gefahr! Auch die Mütter, auch die Väter dieser Mädchen, auch der anderen Kinder, haben sich damals so gefreut, als es zur Welt gekommen war! So wie er alles Glück dieser Erde in einen Sohn, in eine Tochter legen würde. Und diese Menschenkinder werden zu einer Sache, zur Ware, zum Objekt der Brutalität, das Herz der Mutter, des Vaters müsste doch verzweifeln! Zerbrechen!

Er blickt zu Fritzi, er fühlt auch ihre Gedanken, sie sind nicht nur entrüstet, aufgebracht, erschüttert über das Gehörte, nein, sie fühlen sich beide so unsäglich deprimiert, so niedergeschlagen, in ihrem Menschensein getroffen!

Schilling fühlt die Gedanken seiner Fritzi, was wäre, wenn unsere Tochter, unser Sohn betroffen ist? Das Leid eines Kindes ist das Leid der Mutter, des Vaters. Und wie furchtbar ist es, wenn bittere Not Eltern zwingt, so ein Kind verkaufen zu müssen! Passiert immer wieder da unten, besonders Roma-Kinder werden wie eine Sache verkauft und abtransportiert! Sagte damals der Kollege von der Kinderporno-Abteilung!

Es vergehen Minuten, Frau Schandel ist ausgelaugt, mit der gebrochenen Seele ist auch ihre Fassade, ihr entstelltes Gesicht eingebrochen! Sie hat begriffen, erst so spät, wie sie, wie ihr Mann und sie, zum Monstern geworden waren!

Ohne ein weiteres Wort geht sie leise weg.

# 20

Es vergehen noch Minuten, die sie reglos verbringen, als dann der jüngere Oberinspektor eintrifft, der den Dienst antreten muss. Wie aus einer Schreckstarre erwachen sie, das Leben kehrt in sie zurück, „Fritzi, bitte, setz das Protokoll auf, ich werde die zuständigen Kollegen vorab informieren."

Schilling geht davon aus, dass die Ereignisse beim Juwelier Schwandel mit ihrem Fall, dem Fall Preinschmidt in Verbindung gebracht werden muss. Nicht unmittelbar, nein das eher nicht, aber mittelbar scheinen die Handelnden die Gleichen zu sein.

„Es ist doch nicht anzunehmen, dass zwei getrennte Verbrechergangs zur gleichen Zeit auf ähnliche Art handeln! Also hat auch im Fall Schwandel dieser ‚Aleksandru' seine Hände im Spiel, auch die Schrotflinte weist darauf hin", schreibt Fritzi in das Protokoll.

Nur wer ist dieser Mann? In der rumänischen Community Wiens war schon minutiös nachgeforscht worden, ohne Ergebnis. Und wer war der distinguierte Herr, der die Schmucklade der Schwandels so dezimiert hat? Der ist neu in diesem Puzzlespiel, von ihm war bisher nie gesprochen worden! War er Aleksandru?

„Es kann aus den bisher vorliegenden Berichten davon ausgegangen werden, dass ein so gewalttätiger Täter nicht das Format eines eleganten Herren haben kann, auch wenn es nur gespielt werden sollte. Aber wer kommt dafür in Frage? Wenn dieser Mann gefunden werden kann, wird auch der Weg zu

‚Aleksandru' offen stehen, beziehungsweise auch umgekehrt.",
damit schließt Fritzi ihr Protokoll ab.

Der nunmehr diensthabende Oberinspektor wurde nach
Simmering, einen Bezirk Wiens, der nicht gerade zu den
Nobelbezirken gezählt wird, gerufen, Fritzi und Sam bleiben
noch gut eine Stunde im Büro, zu viel Schreibarbeit ist zu erledigen. Von den letzten Stunden traurig, betroffen verlassen sie
die Polizeidirektion. Um mit dem heutigen Tag fertig zu
werden, wird viel positive Energie benötigt!

„Bevor es zu Spekulationen unter Euch kommt", Schilling hatte
lange nachdedacht, wie er dies am Montagmorgen den Mitarbeiter mitteilen soll, in seiner trockenen, fachlichen Art
spricht er weiter, „also, bevor Ihr den für die Arbeit so wervol-
len Kopf Euch zerbrecht, will ich Euch mitteilen: Frau Staller
und ich sind im beruflichen Bereich auch weiterhin Chef und
Mitarbeiterin, so wie es bisher gewesen war, genauso wie Ihr
und ich zueinander sind, ohne jegliche Bevorzugung oder
Benachteiligung. Im privaten Bereich aber sind Frau Staller
und ich eng befreundet. Ich bitte Euch alle, dies zu akzeptieren. Und noch etwas, damit Sprachverwirrungen aus-
geschaltet werden, Fritzi bleibt Fritzi, ich bin Schilling, wir alle
wollen uns duzen, ich weiß, dass es keine besseren Mitarbeiter als Euch gibt!"

Fritzi kommt fröhlich um die Gangecke herum. Sie lacht die
Sekretärin an und wirft ihr einen freundlichen Gruss zu, „Ist
doch heute wiedereinmal ein so schöner Morgen, die Sonne
lacht uns so schön zu", öffnet die Türe, wird freudig begrüßt,
der Älterste spricht im Namen aller: „Fritzi, wir freuen uns!"

Probleme in einer Gruppe soll man schon vorausblickend verhindern.

Der Beamte, der am Vortag Dienst hatte, berichtet über die Vorkommnisse, es war wieder alles so, wie es immer gewesen war, nur dass sie sich alle näher gekommen sind.

Sie gehen auch kurz die Berichte der anderen Abteilungen durch, die im polizeiinternen digitalen Netz aufscheinen, wie an jeden der letzten Tage suchen sie gezielt nach Vorfällen, in denen Rumänen beteiligt waren. Ein Unfall mit Fahrerflucht, wobei der Verletzte ein Rumäne war, interessiert sie nicht.

Fritzis privates Mobiltelefon läutet, es meldet sich der Prior des Stiftes, dem sie doch etwas übel mitgespielt hatte, sie war aber wenigsten so ehrlich gewesen, ihre private Telefonnummer anzugeben.

„Frau Magistra, zuerst einmal, Grüß Gott! Gibt es schon Ergebnisse bei Ihren Recherchen?"

Fritzi ist nun doch etwas betrübt, dass sie den so freundlichen Pater hintergangen hat, auch hat sie sich als Magistra ausgegeben, was nicht, noch nicht der Wahrheit entspricht.

„Pater Prior, kann ich heute vormittag einen Besprechungstermin bei Ihnen bekommen, bitte. Ich glaube, dies wäre angezeigt!"

„Ich muss nachsehen, ja, so um halb zwölf ist es ideal. Ich freue mich schon auf Sie!"

„Pater," Schilling hat etwas mitgehört, „könnte mein Chef mitkommen, wär mir sehr recht!"

„Natürlich, ich freue mich, Ihren Chef kennenzulernen, ich werde vielleicht noch öfters mit ihm in Zukunft zu tun haben. Bleiben Sie beide zum Mittagessen hier bei mir, das Essen ist zwar sehr einfach, aber gut!"

Schilling nickt, dann wagt Fritzi zu sagen, „Er nimmt die nette Einladung an, aber er meint, dass es eher keine ausgesprochene Freude sein dürfte, mit ihm in Zukunft mehr Kontakt zu haben."

„Na so schwierig wird er doch nicht sein, ich komme mit jedem, fast jedem sehr gut aus. Und wenn er eine so tüchtige Mitarbeiterin hat, wird er auch tüchtig sein müssen."

„Danke, wir kommen gerne."

„Grüß Gott, Frau Magistra!"

„Ich freu mich, Sie wieder zu treffen. Grüß Gott."

Sie ist schon sehr beschämt, so peinlich berührt, aber sie konnte doch nicht das Risiko eingehen, dass er ihrem Wunsch nicht entsprochen hätte.

Langsam fahren sie die nicht ganz dreißig Minuten zum Stift. Fritzi möchte dem so netten Pater die Wahrheit, die ganze Wahrheit sagen. Es wird diese, insbesondere was Bauer betrifft, letztendlich ja doch nicht zu verheimlichen sein, Bauers Arbeitsstelle wird es ja erfahren, auch wenn ihm sonst derzeit eigentlich nichts nachzuweisen ist, der Kindesmissbrauch bleibt an ihm haften. Auch Schilling möchte nun bei den Tatsachen bleiben.

Pater Prior Franziskus begrüsst Fritzi und ihren Chef, der sich, wie sonst auch als „Schilling, Doktor, Kommissar" vorstellt.

Pater Franziskus ist etwas erstaunt, „Herr Doktor Schilling, was bedeutet ‚Kommissar'"?

„Pater Prior, ich, wir wollen Ihnen reinen Wein einschenken!"

Da lacht der Prior auf, „Reineren als den Wein unseres Weingutes gibt es nicht, mit Verlaub!"

Die anfängliche Spannung hat sich deutlich gelöst, sodass Schilling ganz unbefangen sprechen kann.

„Ich muss Sie darüber aufklären, dass ich meine Mitarbeiterin, Frau Staller, dazu angestiftet habe, Sie zu hintergehen!"

„Zu hintergehen? Kann eine so reizende, nette Dame mich hintergehen?"

Fritzi sprich nun den Pater direkt an:
„Ja, Pater Prior, dass mein Vater hier am Gymnasium gewesen war, stimmt schon, ich habe Sie aber getäuscht, als ich Ihnen vorflunkerte, dass Investoren Gelder anlegen wollen und ich deshalb Unterlagen bräuchte! Wir, Herr Schilling und ich, ermitteln in einem Mordfall, wir sind von der Polizeidirektion Wien. Es ist aber nicht eine Ermittlung gegen das Stift, sondern wir wollten ohne viel Aufsehen, auch in der Polizei, etwaige Machenschaften eines Ihrer Angestellten aufdecken, und nun hab ich ein schlechtes Gewissen."

„Ich kann mir denken, es geht um Herrn Bauer!"

„Ja, woher wissen Sie das?"

„Ich bin nur ein einfacher alter Pater, ein einfacher Priester, aber eins und eins zusammenzählen, das schaff ich noch", lächelt er Fritzi an. Schaut dann auf die schöne barock geschwungene und reich verzierte Tischuhr vor sich, „es wird schon mittags, bitte, seien Sie meine Gäste beim Mittagessen, ich würde mich sehr darüber freuen. Leider sind alle Mitbrüder heute ausgeflogen, sodass Sie mit mir allein vorlieb nehmen müssen."

„Wir danken für Ihre Einladung, Pater, wir nehmen diese gerne an."

Pater Prior und Schilling nehmen die Dame in ihre Mitte und gehen langsam einen langen Gang entlang, wobei die wieselflinken Augen des Pater sehr wohl die Blicke, die von einem zum anderen gehen, bemerken.

Im Speisezimmer erwartet sie eine lange Tafel, mit nur drei Gedecken. Pater Prior, die Ruhe in Person, setz sich an die Stirnseite, zwischen seine Gäste. Nach einem Gebet, Pater Prior spricht dieses langsam, sehr betonend, wird eine wunderbare Rindsuppe mit Leberknödel serviert, dann Eiernockerl mit grünem Salat, ein köstliches Mahl!

Beim Essen wird nicht gesprochen, erst beim Kaffee ergreift der Pater das Wort. „Als ich vom Tod Herrn Preinschmidts hörte, dem Vater Herrn Bauers, und kurz darauf Sie, liebe Frau Staller, bei mir erschienen sind, und, weil ich Ihre Geschichte von Finanzinvestoren von Anfang an nicht ganz glaubte, war mir klar, dass da etwas vermutet wird, was mit Herrn Bauer zusammenhängen könnte. Wissen Sie, manchmal, leider viel zu selten, lese ich ganz gern auch mal eine Kriminalgeschichte, bin daher fast schon ein ‚Hauptkommissar'!", schmunzelt er, „nur dass bei der Polizei so gebildete, verzeihen Sie mir, ja hübsche Beamtinnen sind, das ist in keinem der Romane gestanden!"

„Pater, dann ist meine Sünde des Betrugs nur halb so schwer zu bewerten! Die Unterlagen, die ich bekommen habe, werden natürlich nach Abschluss unserer Ermittlungen vernichtet, es wurde bis jetzt auch nichts, was beunruhigen könnte, gefunden!"

„Mit Herrn Bauer aber gibt es doch recht beträchtliche Probleme, ich bin aber nicht befugt, mit Ihnen darüber zu sprechen", sagt Schilling.

„Das kann ich mir ja denken! Wäre es möglich, Sie beide später einmal, wenn alle Untersuchungen beendet sein werden, bei mir zu sehen? Dann hätten wir vielleicht mehr Zeit zu philosophieren, so über Gott und die Welt?"

„Pater Prior, da könnte ich noch etwas mehr von meiner Schuld abtragen!", beteiligt sich auch Fritzi.

Schilling kann nicht umhin, etwas loszuwerden, dass ihn in Anbetracht der freundlichen, ehrlichen Art des Priors auf die Seele drückt:
„Etwas muss ich Ihnen noch mitteilen: Ich passe sicherlich nicht in die ehrwürdigen Gemäuer eines katholischen Klosters. Ich bin kein Katholik, auch kein Christ, ich bin Jude, eigentlich Halbjude, ohne der jüdischen Kultusgemeinde anzugehören", da fällt der Prior ihm in seine Rede ein, „Herr Schilling, Jesus war auch Jude!"

„Ich weiß, ich weiß, ich bin aber keinesweg stolz darauf, was mein Volk mit Jesus getan hat. Mein Vater hat mir als Kind die Leidensgeschichte Jesu erzählt, ich war dann sehr traurig geworden! Aber an einen Gott glaube ich ebenso wie Sie, Pater! Und es gibt doch nur einen, den Einen."

„Jetzt sind wir fast in ein Gespräch über Religion, über Gottgläubigkeit geraten. Vielleicht finden wir zwei einmal später die Zeit, weiter zu philosophieren", schmunzelt Pater Prior.
„Herr Schilling, es steht mir sicher nicht zu, mich in Ihre Zukunft einzumischen. Ich schätze Sie als einen korrekten, hochintelligenten Menschen, ich möchte Sie etwas fragen, schon aus Berufsinteresse, mein Beruf, meine Berufung ist gemeint."

Schilling ist neugierig geworden, er liebt es, über alles Mögliche zu diskutieren, gespannt wartet er, was der nette Pater ihn nun fragen will. Er, Schilling, bereitet sich innerlich schon auf hochphilosophische Betrachtungen vor, als Pater Prior ihn frägt: „Gehen wir davon aus, dass Sie, ich sehe, noch keinen Ring an ihrer Hand, auch nicht an der Hand der jungen Frau,

Ihrer Mitarbeiterin, einmal heiraten wollen. Werden Sie dann auch religiös, kirchlich heiraten, in welchem Glaubensritus auch immer?"

Mit dieser bescheidenen Frage des Pater haben sie beide nicht gerechnet, Sam und Fritzi sehen sich fragend an. Keiner von beiden empfindet die Frage des alten Paters peinlich. Aber keiner von beiden hat eine Antwort parat, sie fragen sich nur, hat er sie beide gemeint, oder nur so im Allgemeinen?

„Meinen Sie das ganz allgemein oder meinten Sie uns beide?"

„Sie beide, wenn ich darf! Ich habe kein Recht Sie zu fragen, vielleicht aber ist meine Frage als eine kleine Rache zu verstehen, obwohl Rache etwas sehr unchristliches ist!" Der nette Pater schaut sie verschmitzt an.

„Pater, woher wissen Sie von unserer Beziehung?"

„Ich bin schon alt, aber mein Herz ist sehr groß geblieben, wenn man Sie beide sieht, kann man schon sehr viel verstehen. Und wie sich ihre Blicke austauschen, es kam mir so unbewusst, so selbstverständlich vor, da reifte in mir die als Rache getarnte Frage an Sie beide. Und, haben Sie eine Antwort für mich?"

„Wir haben dies noch nie besprochen, aber wenn wir schon dazu gedrängt werden: Ich bin Katholikin, so wie die meisten, war aber lange nicht in einer Kirche, leider! Sollte ich einmal heiraten, möchte ich dies in einer Kirche tun."

„Wenn es für mich erlaubt ist, in einer Kirche, einer christlichen Kirche zu heiraten, würde ich mich sehr freuen," fügt Schilling an.
„Ich möchte dies auch, wäre aber genauso mit einer jüdischen Hochzeit in einer Synagoge einverstanden!"

„Das wollte ich hören, ist doch nicht so wichtig, ob es eine katholische, eine evangelische Kirche oder eine Synagoge ist! Um Gottes Hilfe zu beten, kann der Priester wie auch der Rabbi, wichtig ist nur, dass die Brautleute selbst es tun, das ist es, was ich Ihnen beiden sagen will."

Knapp an der Stadteinfahrt ist Schilling stehen geblieben. Sie schauen zur träge vor ihnen dahinfließenden Donau. Enten tummeln sich am Ufer, ein einzelner Schwan, dann noch ein zweiter gleiten majestätisch vor ihnen auf dem ruhigen Wasser, mit nur wenige Meter Abstand, dann wieder ganz knapp beieinander, ein Bild des Friedens.

Ihre Gedanken sind so ruhig, so wie die Schwäne eng nebeneinander dahingleiten, so fühlen sie sich verbunden. Trotzdem, das Telefon nimmt keine Rücksicht darauf. Es schrillt so überlaut wie, wenn es gewusst hätte, wie schwer sich die Beiden aus ihren Gedanken werden lösen können.

Der Oberinspektor meldet Schilling, dass ein weiterer Überfall sich ereignet hat, leider ist der überfallene Mann zu Tode gekommen, in Heiligenstadt, nach Grinzing hinauf, am Nussberg. Einer der bekannteren Winzer ist erschossen worden, wieder mit einem Schrotgewehr, direkt auf den Mund aufgesetzt.

## 21

„Sind in wenigen Minuten bei Euch", antwortet Schilling, ohne Fritzi über das Gehörte zu informieren.

Der Winzer, Besitzer eines der größeren Güter, mit sehr beliebtem Heurigenlokal, Junggeselle, wurde im Weinberg tot aufgefunden, ein schreckliches Loch im Mundbereich, der Schädel ist fast geborsten. Der Weinberg zeigt Spuren eines Kampfes, die Erde ist um den Toten herum aufgewühlt, zertrampelt, ein Rebstock fast gebrochen, wie wenn jemand sich daran festhalten wollte. Der Spurendienst hat seine Arbeit schon fast beendet. Die entstellte Leiche wird eben vom Gerichtsmediziner für den Abtransport vorbereitet, als Schilling und Fritzi ankommen. „War gar nicht einfach, in den Weinberg hinaufzukommen, so viele kleine Wegerl verzweigen sich da, und sehen tut man von unten gar nichts!"

Fritzi ist noch in ihren Gedanken verhaftet. Gebannt blickt sie über die Wienerstadt, der Stephansturm, die UNO-City, die sanften Hügel zum Wienerwald hin, alles liegt vor ihren Füßen ausgebreitet. Ein leichter Dunst lässt es etwas unscharf erscheinen. Wie schön ihre Heimat ist, sein könnte! Fritzi ist froh, dass Schilling ihr den Anblick des Grauens, auf die entstellte Leiche im gruseligen Sack, erspart hat, nur das Geräusch des Reißverschlusses dringt an ihr Ohr.

Unten im Weingut hat die Belegschaft den Schock noch nicht überwunden. Oberinspektor Berger, seit heute früh der Martin, versucht den verstörten Leuten Informationen zu entlocken, nur langsam tauchen einzelne Details des heutigen Tages auf. Die wenigen Arbeiter, die in den Weinbergen tätig sind, waren heute nicht im Nussberg. Drüben in der Riede am Schreiberweg haben sie gearbeitet, der Chef hat sie selbst noch dorthin gebracht!

Die Kellner und Kellnerinnen haben ihn noch mittags in der Schank gesehen. Er hat sich zu einem Gast, sie kennen ihn aber nicht, gesetzt und mit ihm etwas gegessen. Dann sei er, die Marlies kann sich noch gut erinnern, mit diesem Herren, ja ›Herren‹ sagte sie, er war doch recht elegant, fast zu elegant für eine Mittagsjause beim Heurigen, das sei ihr aufgefallen, also mit diesem Mann ist er weggegangen. Sie hat gerade noch gehört, wie er stolz sagte, „Ich zeig Ihnen meinen Weinberg, der gute Nussberger, den Sie gerade getrunken haben, stammt von dem. Der Berg ist so ehrlich wie ich, da ist nichts zu holen!" Der Chef und der elegante Herr sind dann weggegangen, das war das Letzte, was sie vom Chef gesehen haben.

Schilling, unzufrieden mit den spärlichen Informationen, fragt dann weiter, bohrt sich in die Familienverhältnisse hinein. Davon wüssten sie nicht viel, es gibt einen jüngeren Bruder, den Michael, der seit zwei Jahren auf einem Weingut in Frankreich tätig ist, dort Neues lernen soll, Eltern, nein, sind schon lange verstorben.

Fritzi nimmt die Kellnerin Marlies beim Arm, die, die das Gespräch mit dem so eleganten Herren mitgehört hatte, führt sie in eine ruhige Ecke des Gastraumes, setzt sich mit ihr gemütlich an einen kleineren Tisch. Leutselig versucht sie Marlies noch weiter zu bearbeiten, viel kommt da zuerst nicht heraus, aber wenn sie schon etwas bei der Kripo gelernt hat, ist, man soll nicht so rasch aufgeben!

Nun, allein mit ihr in der Ecke, getraut sich Marlies doch noch weiter aus sich zu gehen. „Der Chef war allein, keine Frau, wissen Sie, Frau Inspektor", sie wird ganz leise, „wissen Sie, hab mir immer gedacht, der ist anders! Na ja, so also, dass ihn die Frauen nicht so sehr interssieren, Sie wissen schon, Frau Inspektor, was ich mein! Halt einer, der lieber Männer mag, hat aber nie hier im Betrieb einen angebaggert", verschämt flüstert sie das Fritzi ins Ohr. „Die meisten haben´s gewusst, ist ja nichts schlimmes!"

„Und dieser elegante Herr, von dem Sie gesprochen haben, wie sah der aus?"

„Sehr elegant, sehr gut angezogen, na wie ein Herr halt aus der Stadt, ein Herr von Welt, wie in der Operette halt, gut sitzender dunklerer Anzug, Krawatte, blitzsaubere Schuhe."

„Und war er dick, dünn, die Haare?"

„Schlank, dunkelbraune, fast schwarze Haare, hübsches Gesicht, dunkle Augen, nicht blass wie sonst die Stadtmenschen, mehr so, wie die Italiener sind, die so viel zu uns kommen! Ich sage Ihnen, Frau Inspektor", ganz verschwörerisch wird Marlies, „was die Italiener trinken können, das geht auf keine Kuhhaut! Wenn da so eine Gruppe da ist, dann komm ich gar nicht zurecht, die Weinkrüge aufzufüllen. Da war vor ein paar Tagen so eine Mannschaft da, glaub irgendwelche Sportler, so Volleyball oder so, hab zwar kaum was verstanden. Anfangs waren sie etwas deprimiert, glaub, sie haben das Spiel verloren, aber nach den ersten Gläsern unseres Nussbergers haben´s alles vergessen! Dann ist es rundgegangen, joi Mamma, da haben´s gesungen, war schon sehr vielstimmig, na ein wengerl durcheinander halt, angestoßen haben´s, zwei Gläser, die unsrigen sind recht stark, haben´s zerschlagen! Die waren so lustig, so angetrunken! Sind dann später im Autobus abgeholt worden, da konnte keiner mehr richtig gehen. Aber bis in den Bus hinein habens gesungen, joi Mama, ganz Grinzing muss es gehört haben!"

Kaum kann Fritzi die Marlies in ihrem Redefluss einbremsen, die alten Donaumonarchie lebt in ihr, ihr ungarisches Blut kann sie nicht verbergen.

„Und, Marlies, erzähl mir noch von diesem eleganten Herrn", beim Heurigen wird man schnell vertraut miteinander, „hast was gehört, hat er was gesagt"?

„Der hätt mir sehr gefallen, so distingtiert (sic!), wie ich immer sage, richtig fein! Hab schon g´meint, dass er unsern Chef, Gott hab ihn selig, dass sie sich halt so kennen!" Fritzi wollte schon das ‚distingtiert' ausbessern, Marlies Redefluss, einmal losgelassen, ist nicht so leicht zu stoppen. „Viel hat er nicht g´sagt, der Herr, so alt wie der Chef halt wird er gewesen sein, nur unser Chef ist etwas stärker um den Bauch halt. War schon ein recht g´standenes Mannsbild halt, unser Chef, so schad um ihn, halt furchtbar schad!"

„Ja, schade um ihn! Hättest schon ein Aug auf ihn gehabt, Marlies!"

„Gehns, Frau Inspektor, der wusste ja nicht einmal, dass ich eine Frau bin! Und ein wenig zu alt für ihn!"

„Wärst aber eine tüchtige Wirtin gewesen!"

„Ja, er hätt eine tüchtige Wirtin braucht, war doch schad, dass mit dem anderen Ufer, Du weißt schon, Frau Inspektor, was ich mein. Und jetzt, ja der Michel, sein Bruder, wird ja alles kriegen, das ist aber kein Freundlicher, joi Mama, der wird umrühren, weiß net, ob ich dann noch dableiben werde. Der vom Roten Haus am Pfarrplatz nimmt mich sicher gleich."

„Und Marlies, hat der elegante Herr was gesagt?"

„Viel net, der Chef hatte ihm g´sagt, „Der Berg ist so ehrlich wie ich, da ist nichts mehr zu holen". Hab dann nur ein paar Worte gehört, so wie „Sie werden es bereuen", oder so ähnlich, irgend sowas halt! Hat aber sehr schön gesprochen, so fein halt, hab mir gedacht, der stammt noch aus der Donaumonarchie halt. Nicht aus Ungarn, das nicht, meine Mama war von dort, ist damals im 56-ger Jahr mit mir aus Budapest geflohen."

Fritzi versucht noch einmal, die Marlies einzubremsen, was aber unmöglich war. Fritzi muss da durch!

„Mama hat mir viel erzählt, wie das damals war! Die Panzer der Russen haben alles niedergewalzt! Muss schrecklich gewesen sein, Mama mit dem Kinderwagen unterwegs, zwischen den Russen, zwischen den Panzer der Russen, ich war halt noch ein Baby damals. Ich weiss nicht wie, aber irgendwie ist sie mit mir über die Grenze nach Österreich, die Menschen waren dann so nett zu ihr. Sie konnte anfänglich beim Bürgermeister in St. Margarethen Unterschlupf bekommen, hat ihn später immer wieder besucht. Weißt, Frau Inspektor", sinnlos, dachte sich Fritzi, wenn Marlies einmal angefangen hat, da geht nichts mehr, höchstens die Atombombe könnte Erfolg haben, „hab sie so lieb gehabt, die Mama, aber auch mein Stiefpapa war recht lieb zu mir. Mama hat ihn da in Wien kennengelernt, ich war dann schon mehr als zwei Jahre alt, Mama war bei ihm Kellnerin, so wie ich, aber in der Stadt drinnen. Von meiner Mama hab ich auch Ungarisch gelernt, hat immer mit mir so gesprochen. Hat, wenn sie von meinem richtigen Vater redete, geweint, er ist von den Russen gefangen worden, war der ein Held gewesen! Und ist erschossen worden. Bin schon sehr stolz auf meinen Vater, hat, wie Mama mir erzählte, zwei russische Panzer erledigt, so gesprengt also. Mama hat nie mehr von ihm etwas gehört, war alles so schrecklich damals, alles ist durcheinander gewesen, hat sie immer g´sagt."

Den Redestrom einer Heurigenkellnerin, noch dazu aus Ungarn stammend, zu unterbrechen, ist ein wahrlich heldenmütiges Unterfangen, da ist es schon besser, dies Wortgewitter über sich ergehen zu lassen. ‚Wär neugierig, ob es Sam geschafft hätte, ohne ihr mit Brachialgewalt einfach den Mund zuzuhalten', überlegt Fritzi.

Nur mit Mühe kann Fritzi die Marlies wieder zu dem Herren zurückführen, „Marlies, was meinst Du, hat Dein Chef gesagt, ‚nichts zu holen' oder hat er gesagt, ‚nichts mehr zu holen'? Und von wo her war der Mann wenn nicht aus Ungarn?"

„Eher aus Rumänien oder so, das sind alles so schöne Männer! Und, was der Chef g´sagt hat, weiß ich net mehr so genau!"

Nach diesem Exkurs in die Donaumonarchie ist Fritzi etwas ermüdet, „Marlies, bitte, kannst Du dem Kommissar, dem Oberinspektor und mir einen Kaffee bringen, wird heute noch ein langer Tag für uns werden!"

„Gerne, Frau Inspektor, gerne, geht aufs Haus!" und läuft in die Schank hinaus.

Schilling, der mit den Mitarbeiter des Betriebs gesprochen hat, einem nach dem anderen, sagt leise zu Fritzi, „Ich glaube, Du hast bei Deiner Marlies-Befragung mehr gehört als ich bei allen zusammen."

Wieder im Büro, es ist schon finster, ja kalt und regnerisch geworden, der Oberinspektor, der Martin, ein recht fähiger Beamter mit großer Erfahrung, bringt eine Zusammenfassung, in kurzen, prägnanten Worten:
„Der Weinbauer wollte mit einem Gast, der ihm nicht fremd war, in den Weingarten. Einer der Leute hat aber gesagt, dass der Gast eher nicht hinauf in den Weinberg mitgegangen ist, er meinte gesehen zu haben, dass jemand, knapp nachdem sie hinausgegangen sind, mit einem Taxi weggefahren ist. Der Weinberg ist ein Hügel, gerade hinter der Hügelkuppe wird der Tote gefunden.
Es muss ein Kampf stattgefunden haben. Gesehen und gehört hat niemand etwas, kann man auch von unten gar nicht. Also der elegante Herr ist mit großer Wahrscheinlichkeit nicht der Täter! Es ist anzunehmen, dass jemand anderer dem Wein-

bauern aufgelauert hat, es kommt zu einem Kampf, der Weinbauer ist unterlegen, und er wird mit einem Schrotgewehr direkt in den Mund geschossen, angesetzter Schuss. Der Täter konnte fliehen. Das Gewehr ist nicht aufgefunden worden."

Fritzi berichtet nun ihr Gespräch mit der Kellnerin Marlies, „Der elegante Herr erinnert ein wenig an den Herren im Juweliergeschäft Schwandel, Marlies beschreibt ihn ähnlich, wie die Schwandel es taten. Sie würde ihn als Rumänen bezeichnen, Marlies kennt sich aus, sie ist geborene Ungarin. Der Weinbauer ist schwul gewesen, habe aber im Betrieb dies nie bekundet."

Schilling steht auf, geht unruhig im Zimmer auf und ab, „Wir müssen davon ausgehen, dass der elegante Mann den Weinbauer erpresst hat, dieser aber nicht mehr zahlen wollte. Wir wissen aber nicht, ob er schon einmal gezahlt hat!"

„Ich glaub schon, dass er schon einmal gezahlt hat, Marlies meinte gehört zu haben, dass ihr Chef sagte, „Der Berg ist so ehrlich wie ich, da ist nichts zu holen!" Aber sie war sich nicht sicher, ob er ‚nichts mehr zu holen' gesagt hat."

Auch Fritzi war von ihrem altersschwachen Schreibtisch aufgestanden.

„Ist auch nicht so relevant, es scheint hier genauso vorgegangen worden sein wie bei den Schwandels. Der Elegante erpresst, ein anderer oder andere erledigen die schmutzige Arbeit. Nur hat sich der Weinbauer zu sehr gewehrt, sodass er erschossen werden musste. Es könnte auch so gewesen sein, dass sich der Schuss ungewollt im Kampf gelöst hat. Wir haben die selben Täter vor uns! Das erscheint mir fast gesichert zu sein. War der Täter Aleksandru? Wer ist der elegante Herr? Ist er wirklich Rumäne, wie die Kellnerin meinte? Das sind die Fragen, die wir beantworten müssen!"

„Marlies ist eine sehr erfahrene Kellnerin, ich glaube, ihrem Urteil können wir vertrauen. Die schätzen doch alle ihre Gäste irgendwie ein!", schmunzelt Fritzi.

„Das glaub ich auch, und es würde auch uns gut hineinpassen!" Auch der Oberinspektor, der Martin, schließt sich dieser Meinung an.

Wer aber ist der »elegante Herr«? Fritzi hat ein wenig schon die Gewohnheiten Schillings angenommen, beim Überlegen auf und ab zu gehen, „Sollen wir einmal in der Botschaft nachfragen? Frau Schwandel hat so eine Vermutung geäußert, erinnere ich mich erst jetzt, sie sagte, ‚der könnte gerade aus einer Botschaft zu uns gekommen sein'. Elegante Herren, oder wie Marlies es sagte, ‚distingtierte' Männer gibt es dort wahrscheinlich haufenweise!"

„Guter Vorschlag!"

„Wie aber kommen wir in die Botschft hinein, ist doch extraterritoriales Gebiet. Wir können da nicht einfach hineinmarschieren und Fragen stellen!"

„Chef, über unseren Präsidenten!" schlägt Martin, der Oberinspektor, vor.

„Das ist gut! Das geht nur über ihn!" Schilling ist von der Idee recht angetan, die der Oberinspektor äußert.

„Morgen ist auch noch ein Tag, werde aber gleich mit unsern Präsidenten reden, hoffentlich bekomm ich gleich einen Termin in der Früh!"

Schilling hat immer einen guten Draht zum Polizeipräsidenten gehabt, diese Verbindung zu ihm auch sehr gepflegt. Ein kurzer Anruf, Schilling bittet um ein Gespräch mit ihm, „Schilling, hab schon Tage nichts gehört von Ihnen! Kommens gleich um Acht, trinken wir einen Kaffee miteinander!"

## 22

„A schene Leich!", wie man in Wien zu sagen pflegt, viele waren am Grinzinger Friedhof, das Wetter passte, kein Regen in Sicht. Um das Grab, von Preinschmidt schon vorsorglich vorbereitend gekauft, hatten sich Menschentrauben angesammelt, alles, was in Wien mit Gastronomie zu tun hatte, war angetreten, einen der ihren die letzte Ehre zu geben. Nicht nur die Spitzengastronomie, auch viele kleine Wirtsleut waren gekommen! Preinschmidt hat auch einmal klein angefangen, das einstige Ausflugsgasthaus entwickelte sich schrittweise zu einem Restaurant der gehobenen Kategorie, er selbst aber blieb der Gleiche. Und das schätzen die Wirtsleute der umliegenden Gasthäuser! Er hatte auch immer wieder Gäste zu diesen weiter empfohlen, wenn kein Platz mehr bei ihm gewesen war.

Und viele waren gekommen, um die neuen Besitzer zu sehen, „Gemma Leut schaun" gehört zu Wien!

Wie so oft, die Grabreden wollten kein Ende nehmen, sie standen so verloren, so klein und leidend, die Michi und Franz, unterstützt von Richard und Mimi. Herr Bauer, ohne Milica, hatte aus der Untersuchungshaft, die vor wenigen Tagen verhängt worden war, Ausgang bekommen. Ein Beamter in Zivil stand neben ihm. Auch wenn er den Vater nicht gerade geliebt hatte, sein Vater war er trotzdem gewesen!

Michi und auch Mimi flossen die Tränen über die Wangen, als der Sarg, unter Musikbegleitung, langsam in die Grube abgesenkt wurde. Alle, einer nach dem anderen, nahmen das Schauferl mit Erde und eine weiße Rose, um dies Josef nachzuwerfen. Nur Michi hatte eine rote Rose, steht lange vor dem Grab, wie wenn sie nicht wüsste, was sie nun tun solle! Die rote Rose zitterte, Michi konnte, wollte nicht Erde dem Josef nachwerfen. Ganz langsam fiel die rote Rose hinunter, „Du wirst immer bei uns sein, unser Bub braucht dich ja", leise spricht sie und geht nun gefasst zur Seite.

Stumm nimmt sie die Worte des Trostes der vielen Menschen entgegen, nur ein Händedruck ist die Antwort! Mimi hält sie lange umarmt, fest an sich gepresst. Kein Wort von Michi. Kein Wort von Mimi. Nur sich halten, mehr ist nicht nötig. Zuletzt geht noch eine Dame auf Michi zu, gibt ihr zart die Hand, blickt Michi stumm in die Augen. Michis Blick hellt sich auf, sagt zu ihr leise „Danke, unser beider Josef hätt´ sich gefreut!"

Richard beobachtet dies, ,die Dame ist doch die vom Foto in Josefs Nachtkästchen'! Sie aber dreht sich um, geht mit Tänen in den Augen an ihm vorbei. Er getraut sich nicht, sie anzusprechen.

Fritzi und Schilling sind auch gekommen, beobachtend, aber auch um Herrn Preinschmidt zu verabschieden. Was haben sie erwartet? Dass wer von den Trauergästen sich ungewöhnlich verhält, dass sich Aleksandru zeigt? Nein, das wohl nicht. Sie mögen Michi und Franz doch sehr, ihnen beizustehen, ist ihnen wichtig.

Frühmorgens im Zimmer vom Polizeipräsidenten, Schilling wird herzlich empfangen, „Was hab ich gehört, es hat Sie endlich erwischt! Ist auch Zeit geworden, Sie sind auch keine 20 mehr!"

„Naja, wenn Sie es schon wissen, kann ich es nur mehr bestätigen. Ja, ich bin so gut wie verlobt mit einer Mitarbeiterin, Frau Staller"

„Ah, war das nicht die Kollegin, die ich bei Nacht und Nebel von der Streife in Ihre Gruppe versetzen musste?"

„Dafür bin ich Ihnen sehr dankbar, abgesehen davon, dass sie sehr tüchtig ist und wir sie wirklich brauchen, es wär ja schad um so jemand, wenn sie mit dem Streifenwagen herumfährt. Andererseits", Schilling lächelt vor sich hin, „andererseits war ich von ihr schon am Fischteich fasziniert! Ihnen sag ich die Wahrheit, ich hab mich bei Nacht und Nebel und mit einem Toten zwischen uns verliebt, so grausig das Ambiente, so schön war das Gefühl."

„War auch einmal jung, und Sie werden lachen, ich hab meine Frau auch im Dienst kennengelernt, hat nur etwas länger gedauert, bis wir damals ein Paar geworden sind! Wir waren beide auf Streife. Aber ich denke, so wie ich Sie kenne, Sie verhalten sich korrekt im Dienst, da brauch ich Ihnen sicher keine Vorhaltungen machen!"

„Mit den Kollegen haben wir es offen besprochen, alle mögen Fritzi," da unterbricht der Polizeichef, „na was denn, Fritzi heißt Sie auch noch, so wie meine liebe Frau!"

„Also, Herr Präsident, ich wollte Ihnen einerseits dies berichten, aber die Buschtrommeln bei uns sind doch noch schneller als ich dachte. Ich muss aber doch nochmals auf den Fischteich mit dem Toten zurückkommen!"


Schilling skizziert den ganzen Fall, berichtet von den zwei Ermordeten, dem angeschossenen Juwelier, der guten Zusammenarbeit unter den Abteilungen, was er der exzellenten Führungsarbeit des Präsidenten zuschreibt. Die Geschichte mit dem Stift streift er aber nur ganz kurz, lobt alle seine Mitarbeiter, auch Fritzi. Zuletzt erzählt er von den vermutlichen Rumänen, und dass sie fast annehmen können, dass einer der Täter von der Botschaft sein könnte, und sie stehen nun an. Sie können doch nicht so einfach in die Botschaft marschieren, sie können auch nicht die Botschaftsmitarbeiter befragen, er wisse schon, diplomatischer Status und so!

Der berühmte Polizeipräsident von Wien nach dem Krieg, Josef ‚Joschi' Holaubek, brachte in einer sehr gefährlichen Situation einen bewaffneten Ausbrecher aus der Haftanstalt Stein zur Aufgabe. Unbewaffnet hatte er mit ihm gesprochen. Mit dem Ausspruch, ‚Ich bin's, dein Präsident', eine Redewendung, die in ganz Österreich bekannt geworden ist. Und Schilling weiß, dass sein Präsident den legendären Holaubek noch gekannt hatte, Holaubek wird von den meisten Polizisten in Wien als Ikone verehrt. Und beide, Holaubeck und sein Präsident, waren bzw. sind für ihre unkonventionellen Aktionen bekannt. Und sein Präsident kennt fast alle und alles in Wien!

Ein Anruf von ihm genügt, und Schilling bekommt einen Termin für ein Informationsgespräch an der Botschaft. Einer der Attachés wird sich um ihn kümmern und Fragen, so weit es im diplomatischen Dienst möglich ist, auch beantworten.

„Und nehmen Sie Ihre Fritzi, wenn ich auch sie so benennen darf, mit, diese Leute sind für Schönheit sehr empfänglich!"

Sie haben noch etwas Zeit vor dem vereinbarten Termin, nebeneinander im Auto sitzend legen sie sich die Strategie zurecht. So geübt sind sie doch nicht, mit den Exzellenzen zu verhandeln.

Der Attaché steht vom Schreibtisch auf, kommt ihnen entgegen, küsst Fritzi höflich die Hand, die Usancen der verschwundenen Monarchie leben noch immer, und begrüßt Schilling. Schilling erklärt kurz den Grund ihres Besuches, „Exzellenz", da wird er schon unterbrochen, „Bitte sagen Sie nur meinen Namen, eine Exzellenz bin ich gar nicht"!

„Also Herr Marescu, wir sind einer Bande auf der Spur, mit größter Sicherheit Rumänen, die mit verschiedensten Verbrechen in Zusammenhang gebracht werden. Unter anderem mit Kinderverschleppung, Kinderprostitution und Erpressungen.

Einer der führenden Köpfe scheint ein sehr eleganter, distinguierter Herr zu sein. Etwa 40-45 Jahre alt, dessen Name nicht, noch nicht bekannt ist, der andere, der mit ihm zusammenarbeitet, ein Mann, der Aleksandru genannt wird, eher ein Schlägertyp. Sie werden doch sehr viele, wenn nicht weitgehend alle Rumänen hier in Wien kennen, besteht eine Möglichkeit, uns zu helfen?"

„Wissen Sie, wieviele meiner Landsleute hier in Wien leben! Sehr viele, ein Foto oder zumindest eine genauere Beschreibung haben Sie nicht?"

„Leider nein! Der Alexsandru hätte Tätowierungen an den Armen."

„Dann wird es sehr schwer werden, Ihnen zu helfen." Irgendwie wirkt er erleichtert, dass niemand aus der Botschaft verdächtigt wird.

„Der Herr wird von mehreren Menschen wie ein Diplomat beschrieben."

„Ich kann natürlich nicht absolut sicher sein, ob alle Mitarbeiter der Botschaft korrekte Menschen sind. Ich wüsste keinen, der verdächtig erscheint!"

„Ich komme nun mit einer vielleicht unverschämten Bitte, ist es möglich, nur für diese polizeilichen Ermittlungen, Fotos der männlichen Mitarbeiter der Botschaft zu bekommen?"

„Da muss ich zuerst mit der Botschafterin reden, ihre Bewilligung ist ausschlaggebend. Warten Sie kurz, Sie sagten doch, es geht um Kinderverschleppung und Kinderprostitution? Sie wissen wohl, unser Botschafter ist eine Dame, ich würde mir denken können, dass Ihre Exzellenz schon einverstanden ist. Es geht doch um rumänische Kinder!"

Der Attachè telefoniert, er braucht dies nicht verbergen, ist er doch sicher, dass die Besucher ihn nicht verstehen können.

„Ihre Exzellenz erwartet Sie! Gehen wir gleich."

Sie, die Botschafterin, ist eine sehr elegante Dame, die Fritzi und Schilling herzlich begrüßt. ‚Habe meiner Fritzi angesehen, dass sie fast zu einem Knicks angesetzt hat, so beeindruckt war sie von der Eleganz dieser Frau!' Eine Schönheit, die ihr Alter vorteilhaft zur Geltung bringen kann!

„Frau Staller, Herr Schilling, wenn es um Kinder geht, bin ich sehr sensibilisiert, dann muss ich helfen, egal, ob es um rumänische oder andere Kinder geht! Kinder sind unsere Zukunft, unser Kapital für die Zukunft! Und sich an diesen zu vergehen, ist wohl das schrecklichste Verbrechen der Menschheit! Mein Mitarbeiter, Herr Marescu, hat mir schon geschildert, dass Sie, damit aller Verdacht von meiner Botschaft genommen wird, Fotos unserer männlichen Angestellten wollen. Benötigen Sie Fotos von allen, auch von Chauffeuren, Arbeiter, die bei uns beschäftigt sind?"

„Exzellenz, bitte von allen!"

„Herr Marescu, bitte erledigen Sie das gleich. Inzwischen möchte ich mich noch ein paar Minuten mit meinen Gästen unterhalten. Bitte beeilen Sie sich, Herr Marescu, ich habe in einer halben Stunde den nächsten Termin!"

„Es ist für mich das Allerschrecklichste, wenn Kinder zu Schaden kommen, noch dazu unter solchen Umständen. Wir wissen sehr wohl, dass Verbrecherbanden, nicht nur aus meinem Heimatland, kriminell unterwegs sind. Es werden große Anstrengungen unternommen, die Verbrecher zu fassen, sowohl hier in Österreich, in der EU, aber gerade in meinem Heimatland. Aber das Problem ist so vielschichtig, auch über die Situation der Roma und Sinti und die Straßenkinder werden Sie ja schon gelesen haben. Die Entschärfung deren Lebensumstände wird noch sehr lange dauern."

Diese Dame, sie ist eine Dame, wie man sie selten antrifft, wirkt ehrlich bedrückt über die Situation in ihrer Heimat. Da ist nichts gespielt! Besonders Fritzi empfindet es so. Eine ehrliche Lady.

„Einer der Gründe dafür ist, dass unser Land arm ist, war immer arm, auch unter dem kommunistischen System. Und es fehlen uns auch besonders die vielen Intellektuellen, die Lehrer, die Ärzte, die Juristen, die Wirtschaftsfachleute, die uns verlassen haben. Die werden nicht zurückkommen, wenn sie hier in Österreich, in der EU, in Amerika um ein Vielfaches mehr verdienen können als zu Hause! In Rumänien werden sie dringend gebraucht! Man kann einen Staat nicht ohne diese aufbauen, wir haben einen großen Nachholbedarf!"

„Aber kommen wir nochmals auf die Kinder zurück. Was wissen Sie da Näheres? Können Sie da mir weitere Informationen geben?"

Schilling beginnt mit dem Mord am Teich, charakterisiert kurz den erschlagenen Haubenkoch.

Da unterbricht die Botschafterin ihn, „Den kannte ich! Vor nicht so langer Zeit waren wir bei ihm! Jetzt erinnere ich mich wieder, ich habe doch in der Zeitung von diesem Ereignis gelesen. Mein Sohn und die Schwiegertochter waren mit mir dort! Er war ein exzellenter Koch!"

„Es freut uns, dass Sie, verehrte Frau Botschafterin, dass Sie das ebenso wie wir empfunden haben."

Dann berichtet Schilling von dem aufgeflogenen Kindertransport, organisiert von dem Hauptverdächtigen ‚Aleksandru', was dann mit den Kindern passiert ist, wagt er aber nur zu umschreiben. Dann skizziert er den Anschlag auf den Juwelier, die genauen Hintergründe streift er nur ganz oberflächlich.

Nur mehr kurz berichtet er über den Mord im Weingarten, Exzellenz sieht schon nach der Uhr.

Der inzwischen servierte Kaffee ist köstlich, das dazu gereichte kleine Gebäck von wunderbarem Geschmack, auch die Botschafterin wirkt gelöster.

Sie ist so toll aussehend, denkt Fritzi, werde ich einmal auch so schön sein können, wenn wir, mein Sam und ich, älter geworden sind, ich möchte immer für ihn die Schönste bleiben!

„Frau Staller, haben Sie auch Kinder?"

„Exzellenz, wie meinten Sie?"

„So wie ich es gesagt habe, sie beide, oder sollte ich mich mit meiner Empfindung getäuscht haben, dass Sie kein Paar sind?"

Fritzis sonst so feiner Teint wird etwas rötlich getönt, dann lacht sie, „Wie haben Sie das festgestellt, Frau Botschafterin?"

„Liebe Frau Staller, ich bin eine alte, aber doch auch etwas weisere Frau geworden. In den Jahren, die ich Ihnen beiden voraus habe, habe ich sehen, auch fühlen gelernt. Wie ich Sie beide eintreten sah, wusste ich, dass Sie privat zueinander gehören."

Sie steht auf, geht zu ihrem eher zartem Schreibtisch, sucht in einer Lade. Als sie wieder aufsieht, hat sie eine kleine Broschüre in der Hand.

„Ich stamme aus einer alten rumänischen Adelsfamilie, hier, sehen Sie, das war unsere Burg, in Siebenbürgen, oder wie es rumänisch korrekt heißt, Ardeal. Meine Vorfahren waren im Gebiet um Sibiu, Hermannstadt beheimatet. Und meine Mutter war deutschstämmig, daher meine doch gute Kenntnis Ihrer Sprache. Den Adel gibt es natürlich nicht mehr, Gott sei Lob, aber für das Geheimnisvolle im Leben haben wir immer schon viel übrig gehabt, wir haben es im Blut. Man sieht es Ihnen an, dass Sie sich lieben, jeder Blick zueinander verrät Sie!"

„Sie sprechen so nett von uns, wir danken Ihnen dafür, Exzellenz", fügt Schilling an.

„Da will ich Ihnen alles Gute und viel Glück wünschen. Glauben Sie mir alten Frau, das größte Glück dieser Erde liegt nicht im Reichtum, nicht in Macht, sondern nur in der Liebe. Ihnen beiden sieht man es an, dass Sie dies wissen und leben."

Sie sieht wieder auf die schöne, alte, grosse Standuhr, „Wenn Sie heiraten, vergessen Sie nicht, in Rumänien gibt es nicht nur korrupte, verbrecherische, arme Menschen! Es ist ein wunderschönes Land mit ehrlichen, sehr freundlichen, insbesondere gastfreundlichen Menschen! Machen Sie Ihre Hochzeitsreise dahin, ich würde mich sehr freuen! Und Empfehlungen kann ich Ihnen mitgeben, es wäre eine Ehre für mich!"

Schillings Telefon schrillt laut auf, hat natürlich nicht daran gedacht, es lautlos zu stellen. Er steht auf, geht zur Tür, und hört schweigend die Nachricht an. Dann sagt er nur o.K.

Die Verabschiedung ist ausgesprochen herzlich. Anders, als man es sonst erwarten durfte. Keine Steifheit, Freundlichkeit, ehrliche Zuneigung spürt man bei Ihrer Exzellenz.

Diesmal macht Fritzi wirklich einen kleinen Knicks. Sie ist so sehr von dieser Dame beeindruckt, als sie runtergehen zum Auto, sagt sie, „Sam, ich möchte einmal auch so großartig im Alter sein wie diese Frau, für Dich!"

Ein ganzer Stoß von Fotos erhalten sie von Herrn Marescu, der die Abneigung, die Fotos ihnen auszuhändigen, nicht verbergen kann.

Die Fotos aus der Botschaft wurden dann sowohl den Schwandels als auch Kellnerin Marlies gezeigt, leider war kein Erfolg zu verzeichnen, der gesuchte, elegante Herr war nicht dabei.

## 23

Die Nachricht an Schilling, die beim Besuch bei der Botschafterin gestört hatte, war: Ein bekannter Jurist sei tot aufgefunden worden.

„Jetzt überstürzen sich die Ereignisse", sagt Schilling, „wann wird dies aufhören? Schon wieder ein Toter!"

„Gönnen wir uns einmal das Blaulicht", meinte Schilling noch, und positioniert dieses auf dem Autodach, „ich nütz es eh nie aus!"

Fritzi war schon etwas beeindruckt, wie zielsicher ihr Schilling von der Prinz-Eugen-Straße in die Währingerstraße raste. Sie meinte zwar, so wie er es schon einmal gesagt hat, damals oben am Teich: „Sam, einer der ersten Aussprüche von Dir, die ich mitbekommen hab, war: Mehr als tot sein kann der gar nicht. Oder so ähnlich." Sie hasste es, schon früher im Streifenwagen, mit Blaulicht durch die Straßen zu brausen.

Wie immer, wenn zwei, drei Einsatzfahrzeuge den Verkehr blockieren, ist die Hölle los! Und die Währingerstraße ist hier gar nicht breit. Oben ein Straßenbahnzug der Linie 40, unten ein 41-er, die still stehen, der sonst starke Autoverkehr ist blockiert, bis in die Nussdorferstrasse hinein. Eine Menschentraube um den schon abgesperrten Bereich. Wie immer, wenn man vermeint, es gäbe was zu sehen! ‚Da ist was los´, wie in Wien gesagt wird.

Schillings Auto, er war mit einem zivilen Fahrzeug unterwegs, verstärkt den allgemeinen Kollaps noch, der Kommissar war einfach auf den Schienen quer stehen geblieben. Direkt vor dem 40-er.

Er hechtet aus dem Auto, unter der Absperrung durch, und steht schon vor der mit einer Plane abgedeckten Leiche. Kurz hebt er diese hoch, lässt diese aber fallen, als auch Fritzi nachkommt.

Oberinspektor Martin kommt auf ihn zu und will berichten.

„Ich weiß es, ich habe es gewusst, ich habs nur vergessen!"

Etwas verdattert schaut Martin ihn an. „Was hast vergessen?"

„Ich hab es gewusst! Der ‚Saurechtsanwalt'!"

„Wer? Welcher Saurechtsanwalt?"

„Kannst Dich an das Protokoll erinnern, das Dr. Sebran geschrieben hatte! Da ist es schwarz auf weiß gestanden! Ach Gott, ich bin schuld, dass der hier vor uns auf der Straße liegt! Ich hätte doch eine Warnung, eine Information an die Rechtsanwaltkammer hinausgeben müssen. Ich bin ein unfähiger Idiot, unfähig! Leichtsinnig! Wie konnte ich das übersehen!" Schilling ist völlig zerknirscht!

„Ich weiß, was Du meinst", sagt Fritzi, „wir alle sind schuldig geworden, nicht genau genug gewesen zu sein! Wir alle!"

„Der Sau-Anwalt, der Sau-Winzer!" Martin fällt dies wieder ein.

„Ja."

Schilling stürmt, wie wenn er sein Versäumnis wieder gut machen wollte, ins Haus, hinauf in die Kanzlei. Er wartet nicht, bis der etwas altersschwache Lift runterkommt. Schilling läuft die drei Stockwerke hinauf.

Kollegen befragen gerade die Mitarbeiter der Kanzlei. Sie versuchen es zumindest. Ohne darauf Rücksicht zu nehmen, fährt er die drei Frauen an, die schon verschüchtert genug sind: „War ein sehr eleganter Herr in den letzten Stunden hier? So dunkles Haar, mittelgroß, schlank, sehr gut gekleidet!"

Die drei Sekretärinnen sind so geschockt, heulen, wie man in Wien sagt, Rotz und Wasser! Kein vernünftiges Wort ist aus ihnen herauszuholen.

„Fritzi, wo ist Fritzi?"

Sie war noch beim Kollegen Martin, ist aber schon ins Haus hinein. Die Stimme Schillings war laut genug, sie hörte es bis ins Stiegenhaus.

„Bin schon da!" Flötete sie, schnaufend die drei Stockwerke hinaufstürmend.

„Fritzi, Du musst versuchen, aus denen da," er hatte schon einige böse Worte auf der Zunge, verbiss sich diese doch noch rechtzeitig, „aus den Sekretärinnen herauszubekommen, ob unser eleganter Herr hier war. Ich krieg nichts aus ihnen heraus, siehst ja!"

Fritzi drängt ihren Sam und die anderen Beamten aus dem Zimmer, „schaut Euch in den übrigen Räumen um", sagt sie, sehr bestimmend.

Schilling und die Beamten durchstöbern die Kanzlei, alle Laden, Kästen, Aktenschränke.

Sie wissen nicht, wonach sie genau suchen sollen? Eine Mappe, Kuvert, meint er.

In der rechten untersten Lade werden sie fündig! Ein Ordner, mit ein paar Fotos, ein angeklebter USB-Stick, und einer Liste mit Eurosummen, säuberlich mit Datum versehen.

„Das nehm ich mit, Kollegen! Das ist wahrscheinlich der Beweis!"

Das Handy des Anwalts ist zertreten im Papierkorb gelegen. „Nehmt das auch mit, vielleicht kann man Daten noch rekonstruieren!"

Die eifrigen Beamten sammeln noch PC, Labtop ein, Fingerabdrücke werden abgenommen.

Die vier Damen sitzen im Sekretariat der Kanzlei, Fritzi wartet geduldig, bis sie sich wieder gefangen haben,  die älteste von ihnen kann nun Auskunft geben.

„Dr. Breger hatte heute früh gesagt, dass er mich kündigen müsse! Mich, die ich schon so viele Jahre bei ihm bin!"

„Und warum?"

„Er hatte so herumgedrückt, die Kosten würden ihn auffressen, sagte er!"

„Gibt es Probleme mit den Klienten? Habt ihr Klienten verloren?"

„Na ja, wenn ich ehrlich bin, einige schon. Aber es war immer schon eine recht große Fluktuation. Ein paar Wichtige sind aber abgesprungen, weiß nicht, warum. Es war immer korrekt gelaufen!"

„Und warum dann?"

„Einer der Großklienten hatte vor Wochen angerufen, dass er sein Mandat vom Dr.Breger abziehen muss, ich soll alle Akten ihm ausfolgen!"

„Und hat der gesagt, warum?"

„Er könne dem nicht länger zusehen, was da laufe!, deutete dieser nur an. Habe es nicht verstanden, was er meinte!"

„Der Herr Kommissar hat schon gefragt, ob heute ein sehr eleganter Mann, ein wirklicher ‚Herr‘, da gewesen war. War so einer da?“

„Zu Mittag, als wir aus der kurzen Mittagspause zurück gekommen sind, war noch wer bei ihm. Wir waren doch höchstens 20, 30 Minuten im Café Weimar, so wie fast jeden Tag.“

„Ja, und.“

„Die Tür zu ihm ist aufgegangen, ein Herr kam heraus, gut angezogen, sehr gut sogar, dem er, der Chef, nachgerufen hat, ‚es ist alles aus‘!“

„Und, sagte der Mann etwas?“

„Nein, er hat nur so komisch gelächelt, richtig süffisant war das! Sagte aber nichts, drehte sich von uns weg und ist hinausgegangen.“

„Und Ihr Chef?“

„Hat die Tür zugeknallt!“

„Und weiter, hat er sich noch bei Euch gemeldet?“

„Nein, kein Wort!“

„Wie lange war er allein?“

„Vielleicht eine Stunde, etwas mehr vielleicht!“

„Und was war dann? Lasst Euch doch nicht alles aus der Nase ziehen!“

„Dann haben wir Schreie von der Strasse gehört, haben durchs Fenster hinunter geschaut und da lag er. Bis zu den Schienen muss er gesprungen sein!“

Was wieder zu einem weiteren Träneneerguss führte.

„Danke. Bitte kommt morgen aufs Dezernat, ihr müsst noch Eure Aussage machen!"

Endlich, sie war schon etwas stolz darauf, konnte Fritzi ihre brandneuen Visitenkarten verteilen, „Morgen, 10 Uhr, bitte."

## 24

„Kollegen, wie kommen wir weiter, es kann doch nicht sein, dass Aleksandru und dieser ominöse elegante Herr nicht auffindbar sind", langsam wird er, Schilling, ungeduldig, ja etwas verzagt!

„Dies heute nachmittag, soweit wir dies bis dato wissen, stellt sich so dar:

1.  Der Rechtsanwalt war der zweite bei dieser furchtbaren Vergewaltigung des Bubens. Aleksandru hat damals gesagt, ‚jetzt hab ich Euch, du Sauanwalt und Sauwinzer'.

2.  Dr. Breger wurde genauso wie die anderen erpresst, die Summen, die er gezahlt hat, waren hoch: an die 180.000 zusammen. Er hat dies fein säuberlich mit Datum aufgelistet. Er wollte sogar eine Angestellte deswegen entlassen. Handy, PC, Labtop und der USB-Stick werden gerade ausgewertet. Viel Neues erwarte ich mir nicht davon.

3.  Eindeutiger Selbstmord, er ist aus dem 3.Stock hinuntergesprungen und war sofort tot.

4.  Zurückgehend, wollte man eher dem Preinschmidt nur mit der Keule bedrohen. Was ihn zum Ertrinken gebracht hat.

5.  Der Winzer ist ermordet worden. Es könnte sein, dass sich der Schuss von selbst gelöst hat, eher unwahrscheinlich, da der Schuss mit der Schrotflinte im Mund aufgesetzt war.

6.  Der Boss der Bande dürfte doch dieser elegante Herr sein.

7.  Aleksandru ist derjenige, der die Drecksarbeit machen muss.

8.  Jon, der Bruder der Milica, ist nur ein Mitläufer.

9.  Markus Bauer ist, bis auf die Kindervergewaltigung, unbeteiligt an den Gewalttaten.
10. Der Juwelier wird ein Strafverfahren wegen Kindesmissbrauch und so weiter erwarten müssen.

Wir haben viel, sehr viel ausforschen können, ich gratuliere Euch allen zu dem Erfolg. Aber, das Wichtigste ist noch nicht gelöst: Aleksandru und der elegante Herr."
Das war sogar für Schillings Begriffe eine lange Rede, sodass er sich in seinen Sessel plumpsen lässt.


„Wo können wir noch ansetzten? Haben wir etwas übersehen? Haben wir einen Fehler in unserem System übersehen? Was könnte noch auf die Gesuchten hindeuten?"

„Die Fotos aus der Botschaft haben uns auch nicht weitergebracht. Weder die Juweliere noch die Heurigenkellnerin Marlies hat jemand erkannt!"

Der jüngere Inspektor fragt, „Sollen wir nochmals alles durchgehen, unser Wissen analysieren?"

„Ja, Kollegen, diesmal ohne mich, vielleicht ist es dann für Euch leichter. Ich muss sowieso zum Präsidenten, ihm berichten!"

„Heute noch?", fast mit einer Stimme, inklusive Fritzi, schallt es ihm entgegen.

„Ihr habt recht, machen wir heute Schluss! Morgen ist ein neuer Tag, dann sehen wir weiter!"


Fritzi ist auch gegangen, ‚ich möchte Sam glücklich machen, mein ganzes Leben lang. Diese Dame heute geht mir nicht aus dem Kopf! Eine so tolle Frau!'

Als Sam endlich zu sich nach Hause kommt, sein Präsident hat ihn so lange aufgehalten!

„Liebling", er ruft sie an, „unser Gottöberster, unser allseits geliebter Herr Präsident", Sam kann auch sarkastisch sein, „also, er hat uns zu sich befohlen!, seine Frau hat durch ihn ausrichten lassen, dass sie sich freuen würde, wenn wir einmal zum Essen kommen könnten! Wir zum Präs! Ich bin fast erdrückt von dieser Ehre!"

Fritzi ist davon nicht so überzeugt! Aber sie ist Frau genug, dass sie verstanden hat: Da muss ich mich in der besten Form präsentieren! Kleid oder Kostüm? Sie entscheidet sich zum Kostüm. Ja, welches? Das sogenannte ›kleine Schwarze‹, wie man in Wien fürs Theater trägt? Beige stehe ihr gut, meint sie. Zu hell, sagt das Gewissen, außerdem ›wann soll ich das je wiedereinmal anziehen können?‹ In einem Blauton? Recht dunkel? Da geht es auch für die Oper durch. Das kleine Schwarze ist eh schon etwas schäbig, meint Sie. Also ein blaues Kostüm! Muss morgen früh gleich in mein Geschäft.

Noch kann sie es nicht wissen! Es wird doch ganz anders, das Kostüm. Aber dies wird erst morgen aktuell. Man glaubt nicht, in welcher Geschwindigkeit Damen solche Überlegungen durchdenken können. Sam hatte nur eine kurze Redepause eingelegt, gerade zum Luftholen.

„Du, Liebling, Du weißt aber, dass Du daran schuld bist, die Nachricht Deines Liebreizes ist in Windeseile durch die Polizeidirektion geflogen! Und nun ist sie neugierig geworden, die Präsidentengattin", Sam kann es nicht lassen, zu lästern. „Noch dazu heißt sie auch Fritzi, wie der Präs mir sagte!"

„Hab schon munkeln gehört, seine Frau hat daheim die Hosen an, soll ein recht resolutes Frauenzimmer sein, seine Fritzi. Und der Prikopal, du kennst ihn, der Adjudant, wie er sich bezeichnet, der immer alles zu wissen meint, der hat mir zugeflüstert: ‚Schilling, pass auf, die frisst Euch mit Haut und Haaren, wenn die an jemand Gefallen findet, dann sind die verraten und verkauft, die kommen nicht mehr aus, die werden umarmt, bis einem der Atem ausgeht!"

Fritzi muss lachen, wie Sam ihr dies am Telefon erzählt.

„Die mischt auch im Präsidium mit, sie will alles wissen, was sich tut, hier bei uns. Und weiß auch alles! Von wem wohl, vom Präs? Wir hätten es schlechter treffen können, mit unseren beiden Präsidenten, sie ist wenigstens keine so eine Bissgurn wie die letzte es gewesen war, das war eine hantige gewesen, du lieber Gott! Der alte Präsident hat uns allen so leid getan!"

„Wann sollen wir bei ihr antreten? Soll ich in Uniform kommen?"

„Du siehst zwar bezaubernd in Uniform aus, aber dies wäre doch nicht das Richtige!"

„Sollte nur ein Scherz sein." Das geht sich aus, denkt sie, mit dem neuen Kostüm. Und eine neue Bluse! Das soll doch noch drinnen sein!

„Kommenden Freitagabend müssen wir antreten zum Essensempfang, Blechnapf und Besteck ist mitzunehmen, so lautet der Befehl der Präsidentengattin!"

Sam kann sie so zum Lachen bringen, sogar am Handy. ‚Mein Sam ist doch das Beste, was mir in meinem Leben passieren konnte! Es wäre so schön, jetzt bei ihm zu sein.'

## 25

Der Spätherbst schenkt uns immer wieder Tage, die schön sind, die Sonne kommt, etwas verspätet, hervor, etwas blinzelnd, die eine oder andere kleine Wolke fliegt vor ihr vorbei, wie weiße Schäfchen über die Weide laufen. Der Himmel versucht, sich nochmals von der guten Seite zu zeigen, will den Sommer uns in Erinnerung rufen. Fritzi fühlt die Laune der Natur, oben, im obersten Stockwerk, steht sie auf der kleinen Terrasse, atmet tief durch, erfüllt von Freude, erfüllt vom Glück, Sam lieben zu dürfen!

Ihr kleiner Schreibtisch, etwas eingezwängt zwischen dem kleinen Pianino und dem großen, auf die Terrasse blickenden Fenster, ist überbordend mit den Papieren überfüllt. Der Laptop liegt schon tagelang untätig unter den Arbeiten begraben, die sie im Laufe des Studiums selbst ausgeführt hatte, keine Zeit war seit dem Mord am Fischwasser gewesen.

Die Zeit vor Sam, vor Schillings Eintritt in ihr Leben, war geregelt in genau eingehaltenen Dienstzeiten, was der Entwicklung ihrer Diplomarbeit recht gut getan hatte. Alles kann man ja nicht haben, einen Job bei der Kripo ist anders, der fordert doch viel mehr als der Dienst im Streifenwagen, sagt Fritzi zu sich.

Fritzi genießt den freien Tag! Heute will sei zuhause bleiben, abends, sie freut sich schon so, wird Sam zu Besuch kommen.

Ja, auch Sam spielt gerne Klavier, wie schön er musiziert, so entspannt. Vor einigen Tagen war sie bei ihm in der Wohnung. Ein großer Flügel steht dort. Sie war nicht neidisch, sie liebt ihr

Pianino daheim! Mama hat dies auch so geliebt, das Stingl-Pianino, ihr Vater hatte schon darauf gespielt. Muss nach dem Krieg gewesen sein, als Opa dies gekauft hatte. Und, als eines der wenigen Überbleibsel aus ihrem Erbe, hatte sie dies kleine Prachtstück, so hellbraunes Holz, retten können. Und einen großen Stoß an alten Klaviernoten. Ihr Heiligtum! Mamas, Opas Noten! Nie und nimmer hätte sie dies alles hergegeben. Nie!

Auch sie hat wieder angefangen, so lange musste es auf sie warten. Den Deckel über der Tastatur ehrfurchtsvoll zu öffnen, das Glück des ersten Anschlags, des ersten Akkords, noch ist sie ungelenkig, so mancher kleine Fehler mahnt sie, mehr, häufiger zu üben. Daheim, damals, Mutter förderte sie, zwang sie aber nicht, übte sie täglich, wenn auch oft nur allzu kurz. Damals sind ihre Finger über die Tasten hinweg geglitten, Bach, ihr verehrter Meister, kam so flüssig, damals, Brahms nahm sie gefangen.

Geliebt aber hatte sie ihren Schumann! Robert Schumann ist für sie der faszinierendste aller deutschsprachigen Komponisten, seine Musik ist die verrückteste, schönste und auf eine gewisse Art auch die authentischste für sie. Klar, sie liebt Schubert, Mozart, Haydn und Brahms; aber Schumann ist anders. ‚Mag sein,' denkt sie am Drehstockerl sitzend, ‚dass es nur ein Klischee ist, aber vielleicht liegt das daran, dass Schumann seinen Verstand verloren hatte. Es gibt eine Tiefe, die man sonst nirgendwo findet. Ich werde sicher noch lange Zeit benötigen, wieder so geschickt zu werden, wie damals!' Clara, seine Frau, ihre angebetete Pianistin, ihre Kompositionen liebt sie ebenso wie seine.

Die fast eine Stunde am Klavier ermuntert Fritzi zur Arbeit, an ihrer Diplomarbeit schreibt es sich mit Liebe im Herzen und Musik in den Ohren viel leichter. Ein Tag ohne Gewalttaten, ohne Gedanken an Mord liegt vor ihr. Voll Eifer überträgt sie ihre Arbeitsunterlagen in das wissenschaftliche Korsett, dass sie von Anfang an streng einhält.

Ein kurzer Spaziergang am frühen Nachmittag, in der noch warmen Sonne entlang dem Donaukanal, ist Entspannung für sie. Auch etwas einzukaufen für den Abend steht auf der Agenda, Sam hat sicher Hunger nach dem langen Tag. Fritzi hat schon immer für sich selbst gekocht, in den Studienjahren, auch danach als kleine Streifenbeamtin, nie Fast-Food! Jetzt kocht sie für ihn, das ist etwas ganz anderes, das ist was Neues, da kann sie ihre Liebe zu ihm einbringen!

Die Sonne hat den Himmel für die Dämmerung freigemacht, kein Wölkchen, das sie noch verdunkeln könnte, ein ganzes Kapitel ihrer Arbeit ist fertig geworden! Nocheinmal eine halbe Stunde Clara Schumann, die Klänge erfüllen sie noch als Sam kommt. So zart, so liebend nimmt er sie in seine Arme. Am Esstisch, am Weg zu ihr hat er die Blumen sorgfältig ausgesucht, leuchten die roten Rosen. Am schön gedeckten Tisch. Kein Wort aus dem Büro, keine Morde stören ihr gemeinsames Mahl!

Fritzi erzählt von Clara, deren Virtuosität am Klavier und ihren vielen Kindern.

## 26

„Bauer, Markus Bauer hat sich in seiner Zelle im Grauen Haus, in Untersuchungshaft, erhängt!"

„Heute Nacht?"

Eine Nachricht am Morgen im Büro, die Fritzi und Schilling im Büro brandfrisch erwartet! „Er hat auch einen Abschiedsbrief geschrieben, die Justizwache hat ihn gefunden!"

Martin, der Oberinspektor, voll Eifer überschlagen sich seine Worte, berichtet hektisch, „Gestern hab ich ihn ja nochmals verhört! Bin ich nun Schuld daran, hab ich Bauer mit meinen Fragen in den Freitod getrieben?"

„Lass es mich lesen, Abschiedsbriefe sind, fast immer, die Wahrheit." Schilling überfliegt den Brief nur. Er muss zu einer wichtigen Besprechung der Abteilungsleiter, eine Personalentscheidung in der Polizeidirektion steht an, der Präs, wie alle ihn nennen, will nicht allein entscheiden! Demokratie im Amt? Das wär ja etwas ganz Neues!

Einen langen Brief zu lesen bedarf Zeit, Zeit, die man sich nehmen muss, um die Gedanken des Schreibers verstehen zu lernen, Fritzi studiert den Brief, sucht die Hintergründe auszuloten.

> *„Ich, Mag. Markus Bauer, werde in einigen Stunden nicht mehr am Leben sein. Ich kann die Belastung nicht mehr ertragen, die Schuld, die ich mir selbst auferlegt habe,*

erdrückt mich. Ich kann nicht so weiter leben, es ist nicht mehr möglich! Für mich nicht möglich!

Ich bin nicht gläubig, meine Mutter war es nicht, trotzdem fühle ich mich einem überirdischen Wesen, einem Gedanken, einer Vernunft, verantwortlich, ich kann es nicht ausdrücken, niemand hatte es mir je erklärt.

Auch wenn ich es gar nicht wollte, nicht beabsichtigt hatte, ich habe meinen Vater getötet! Ja, ich habe meinen Vater getötet. Nicht nur einmal, zuletzt am Fischwasser, nein, immer wieder, in mir! Ich habe seine Liebe verworfen, sein Sehnen nach seinem Sohn abgetötet. Ihn gedemütigt, wenn er mir helfen wollte, ihn abgewiesen, zurück gewiesen, ihn traurig gemacht, ihm seine Hoffnung auf ein gemeinsames Leben in Liebe und Freundschaft, wie es zwischen Vater und Sohn sein sollte, zerstört! Ich gestehe es, ich habe ihn getötet, in vielen kleinen Schritten!

Meine Mutter war, als ich auf die Welt kam, die Gefährtin, die Geliebte meines Vaters. Bald jedoch entwickelte es sich anders, nie sagte er ein böses Wort über sie. Habe aber gemerkt, dass für Mutter nur Geld wichtig gewesen war, immer nur Geld! Die Beziehung musste daran zerbrechen, und sie ist auch daran gescheitert. Josef, er wollte immer, dass ich Vater zu ihm sage, Mutter hat dies hintertrieben, mir Kind das ‚Josef' eingebläut! „Er ist kein Vater wie es sich gehört, er ist ein Unmensch, ein Böser, der uns verlassen hat. Dich, sein Kind nicht will!" Und wenn ein Kind, ein Heranwachsender, dies immer und immer wieder vorgesetzt bekommt, dann glaubt er es! Der Hass meiner Mutter hat sich in mir eingegraben, mein Leben bestimmt! Die Stunden, selten auch Tage bei ihm, mit ihm, waren Zeiten des Zerreißens, des aufgerieben werden zwischen der unbewusst gefühlten Liebe des Vaters und dem gelebten Hass der Mutter.

Er unterstütze mich sehr großzügig, dies war auch die einzige Möglichkeit für Ihn, mir wenigstens ein bisschen näher zu kommen. Alles konnte ich von ihm haben, nie sagte er nein! Als vor gut fünf Jahren meine Mutter verstarb, nicht ihrer Krankheit gab ich schuld, nein, er war schuld, in meinen Augen hatte er sie getötet! Wie war ich hasserfüllt, dem einzigen Menschen gegenüber, der mich liebte!

Als Mutter verstorben war, fiel das Bindeglied zu einer geregelten Welt weg, wenngleich dies eine Welt des Hasses gewesen war. Und ich driftete ab, das Studium war schon eine Qual für mich gewesen. Dann hatte er, mein Vater, mich noch gedemütigt, in meiner Gedankenwelt mich gedemütigt, als er für mich eine sehr gute Anstellung im Stift erreichen konnte! Mit Hass auf ihn, mit dem in mich eingepflanzten Hass, hab ich dort gearbeitet, obwohl die Mitarbeiter, die Patres, das ganze Stift mich förderten.

Und dann lernte ich, ich, der keine echte Beziehung zu Menschen aufbauen konnte, überall suchte ich Gegner, überall fand ich vermeintliche Ablehnung, ja da lernte ich Milica kennen. Vor gut einem Jahr, sie, eine Hure! Die einzigen Frauen, zu denen ich mich hingezogen fühlte. Immer wieder ging ich zu ihr, sie war so schön, verkörperte immer mehr ein Idealbild der Frau, das sie so nie gewesen war! Bald konnte ich es nicht mehr ertragen, dass ich nur einer von vielen Männern gewesen war!

Vater gab mir viel Geld, damit ich sie loskaufen konnte, ja loskaufen musste ich sie. Vater wusste, wofür sein Geld verwendet wurde, er hoffte mich damit zu stabilisieren, dass ich dann ein halbwegs geregeltes Leben aufbauen könne. Milica war so lieb zu mir, veränderte sich auch in sehr positivem Sinne, war nicht mehr die Hure, als die ich sie kennengelernt hatte.

Monate später aber holte sie ihre Vergangenheit ein! Ich merkte, dass jemand am Tag, wenn ich im Stift bei der Arbeit war, sie besucht hatte, nicht ihr Bruder, der war ja eigentlich ganz passabel in seiner Art gewesen. Und dann ergab es sich, dass ich früher nach Hause kam und den Mann im Bett mit Milica antraf! Ein furchtbarer Schlägertyp, der Milica vor meinen Augen misshandelte, mich zwang, zuzusehen, wie er sie schlug, missbrauchte, Tränen kamen mir! Und mich dann zwang, dasselbe mit Milica zu machen, sie zu missbrauchen! Sie zu schlagen, das konnte ich nicht! Er sagte, Milica brauche dies!

Mit der Zeit konnte ich mich auch daran gewöhnen, Milica beherrschte mich völlig, ich war ihr untertan, und dadurch auch dem Mann! Milica sagte Aleksandru zu ihm, er war ihr früherer Zuhälter gewesen.

Ich fand Gefallen daran, Sexspiele aller möglichen und unmöglichen Arten vorzunehmen. Eine genauere Schilderung will ich vermeiden, ich schäme mich zu sehr dafür.

Bis einmal ein halbwüchsiges Kind, ein Mädchen mit Milica im Bett lag, auf mich wartete! Es war so hilflos, das Mädchen, so verschreckt, so zitternd, so blau geschlagen! Mein Begehren nach beiden wurde so groß, Milica hat mich aufgestachelt, die Kleine zu berühren, auszuziehen, überall anzugreifen, in einem Taumel zu geraten, einem Taumel der Lust einzutauchen, den sie noch förderte.

Und ich merkte gar nicht, dass eine Kamera lief, dass wir gefilmt wurden! Nicht einmal, immer öfter lag ein junges Mädchen mit Milica und mir im Bett, jetzt, heute, ich schäme mich so sehr dafür, dies einem Kind, einem jungen Mädchen, angetan zu haben!

Die Filme wurden mir gezeigt, wurden verkauft, leider gibt es genügend Männer, die daran Gefallen gefunden *haben. Und ich wurde damit erpresst, immer mehr Geld wurde verlangt. Ein Mann kam an meine Arbeitsstätte im Stift, stellte sich gar nicht vor, der zwang mich, mein Erbe ihm zu überschreiben, das ich noch gar nicht besessen hatte! Hielt mir nur den Zettel hin und sagte, ich müsse da unten unterschreiben.*

*Danach meinte Aleksandru am Abend, ich solle doch ein wenig nachhelfen, damit ich mein Erbe, das Lokal meines Vaters, sein Haus rascher bekommen würde. Er gab mir so eine Keule, wie aus einem Turnsaal, er sagte, die habe er für mich dort mitgehen lassen, er meinte, wäre gut zu gebrauchen! Er hat damals so böse gelacht, hat gesagt, ‚nehm ich dann halt, wenn Hände vom Schlagen schon weh tun!'*

*Dann hat mein Vater, als es damals so geregnet hatte, mich in der Nacht angerufen und gebeten, ob ich ihm nicht zeitig in der Früh beim Fischwasser helfen könne. Hab damals ihn nur ausgelacht, warum solle ich ihm helfen? Ich war so verzweifelt, sodass ich noch bei Dunkelheit hinausgefahren bin, hab mein Auto in den Büschen versteckt und auf ihn gewartet. Als er, mein Vater, mit der Schrottflinte in der Hand, vor mir, nichts Böses ahnend, im Wasser gestanden war, habe ich ihn mit dieser Keule auf den Kopf geschlagen. Nicht fest, nur so, dass er stürzte, ins Wasser vornüber gefallen war, diese Fischerhose füllte sich mit Wasser, zog ihn hinein, und er ertrank! Dies wollte ich gar nicht, ich wollte nur..ich weiss es nicht mehr, was ich wollte, ihn bestrafen? Dass er mir immer geholfen hatte? Dass ich so ein Schwein geworden war, das Kinder missbraucht? Wollte ich mich in ihm bestrafen?*

*Ich habe ihn im Wasser mit dem Gesicht nach unten trei-ben gesehen, es war so schrecklich! Kopflos lief ich zu meinem Auto und raste weg, sein Gewehr hab ich mit-genommen, das hat der Aleksandru mir am nächsten Tag bei mir zu Hause, ohne mich zu fragen, abgenommen.*

*Und mein Vater? Ich habe ihn umgebracht! Jetzt erst habe ich erkannt, dass ich ihn lieben wollte, seine Liebe gesucht habe!*

*Und ich habe Kinder missbraucht! Ich habe viel zu spät erkannt, dass dies ein ungeheures Verbrechen ist, so furchtbar, dass es durch keine Strafe aufzuheben ist. Nur mein Tod kann dies sühnen!*
*Ich kann nicht mehr, ich kann nicht mit meiner Schuld leben!"*

Angeschlossen ist noch die Verfügung, dass das von seinem Vater ererbte Vermögen an gemeinnützige Institutionen weitergegeben werden soll, die Kinder betreuen! Die Auswahl derer möge in die Hände des Priors seines Stiftes gelegt werden.

Der letzter Satz endigt: *„Mein Leben haben zwei Männer dominiert, mein Vater, der mir Liebe schenkte, auch wenn ich deren nicht würdig war, und Pater Prior Franziskus, der mir Achtung zollte, auch wenn ich diese nicht verdiente."*

Fritzi war in sich gesunken, so klein geworden, fühlte sich so hilflos, so bedrückt. „Lieber Gott, hilf mir bitte, dass ich helfen kann, dass es so etwas nie mehr geben wird! Niemals mehr vorkommen wird!"

„Eigentlich haben wir den Markus Bauer unterschätzt, war doch anders, hatte einen guten Kern!"

Sie liest Bauers Brief ein zweites Mal genau durch, ein Gedanke geht in ihrem Kopf herum: Wo passt dieser ‚elegante Herr' in Bauers Geständnis? Bauer erwähnt diesen nicht! Warum nicht? Hat er ihn nie gesehen, nie kennengelernt? Oder war der Mann, der ihn damals, im Stift, unterschreiben lies, der Gesuchte? Wer von den Männern auf den Fotos würde am ehesten zu Aleksandru, zum Juwelier, zum Winzer passen? Welche Bilder können ausgemustert werden, weil die darauf Abgebildeten nicht in Frage kommen. Genau zwei bleiben über! Diese waren schon bei den letzten Beurteilungen in die engere Auswahl gekommen.

Lange sieht Fritzi sich diese an. Legt ein Bild neben das nächste.

Plötzlich wird sie misstrauisch, es fehlt ihr ein Bild, sie meint, das wäre anfänglich schon dabei gewesen, ist sich aber nicht ganz sicher.

Sie ruft Schilling an, den, so meint sie, die Sitzung beim Präsident ja doch nicht sehr interessieren würde: „Sam, war unter den Fotos, die Marescu uns gegeben hat, ein Foto von ihm selbst dabei? Ich bin mir nicht mehr sicher, aber jetzt zumindest ist es nicht dabei! Hat er sein Foto unterschlagen, weil er der Gesuchte ist? Kann er der elegante Herr sein?"

## 27

Es ist knapp nach 6.30 Uhr, dieser denkwürdige Tag hat eigentlich noch gar nicht so richtig begonnen, grau, finster ist es noch.
Die Männer im Porsche halten peinlich genau die vorgeschriebene Geschwindigkeit ein, auch wenn es schon sehr schwer fällt, mit diesem Wagen nur 50 durch die vielen kleinen Ortschaften zu fahren.

„Ein etwas unauffälligeres Auto wie das vorletzte Mal wäre besser gewesen", meint der Beifahrer, „wem willst Du imponieren?"

„Niemand! Ich möchte den Porsche gut verkaufen. Dann können wir mit dem Taxi zurückfahren. Das letzte Mal, vor zwei Wochen habe ich mich umgesehen, da gibt es einen Händler, der Höchstpreise bietet und nicht frägt, wem das Auto gehört und woher es kommt!"

„Hättest das schon sagen können! Ein Risiko ist es schon, diese Tour mit einem gestohlenen Porsche zu machen. Aber was solls, wir fahren ja nicht auf der Autobahn! Die burgenländischen Polizisten sind garantiert noch nicht auf."

„Ich brauch einen Kaffee! Mir fallen sonst die Augen zu."

In Bruck bleiben sie stehen, ein Cafè hat schon offen.
„Nimm mir einen doppelten Espresso mit", sagt der Beifahrer, „ich bleib lieber im Auto! Man kann nie genug vorsichtig sein."

Der Fahrer kommt zum Auto zurück, voll Schreck fährt er den anderen an, „Du kannst doch nicht Deine stinkenden Zigarillos im Auto rauchen! Jeder Händler achtet darauf, dass der Wagen nicht nach Rauch riecht!"

Widerwillig wirft der Mann den Zigarillo weg. „Shit! Ist doch mir gleich. Auf der Rückbank in der Tasche ist Geld für zwei, fast drei neue Porsches!"

„Das gehört aber nicht uns!"

„Würd mich schon interessieren, wie der oberste Boss heißt."

„Ist doch scheißegal, wenn nur unser Anteil stimmt!"

„Der liegt sicher auf dem Konto bei der Bank! Eigentlich haben wir schon ausgesorgt! Ein wenig viele Probleme hats gegeben, in der letzten Zeit."

„Dieser Blöde im Weinberg hat sich so gewehrt!"

„Hätt nicht sein müssen, die Kuh weiter zu melken wäre einträglicher gewesen!"

Viel kleine Ortschaften sind es noch bis Kittsee. Als endlich der sonore Porsche-Sound das kleine verschlafene Nest weckt, sie meiden die Autobahn und deren große Grenzstelle, fahren sie die ihnen schon geläufige Landstrasse nach der Bahnunterfahrung immer weiter und gelangen, völlig unbeheligt von Kontrollen, in die Slowakei.

„Wiedereinmal geschafft! Hat doch schon was Gutes, die EU! Zumindest ist niemand an der Grenze, der einem aufhält und blöde Fragen stellt! Jetzt ist es nicht mehr weit."

Gemächlich fahren sie die zwei Brücken über die sich hier kreuzenden Autobahnen, das Cafè in Jarovce kennen sie schon. Sie lassen sich ein Frühstück servieren, Zeit genug haben sie noch. Auch ein kleiner Schnaps ist noch drin.

„Erwärmt den Körper und die Seele", sagt der Fahrer, „der brennt aber hinunter! Ein zweiter könnt nicht schaden!"

„Muss das sein? Das riecht man doch meilenweit!"

„Ich geh ja nicht mit hinein, das ist Dein Job! Die tun doch nur so fein, diese Bankleute sind doch alles Betrüger! Wenn die soviel Bargeld und so regelmäßg auch noch übernehmen, müssten die doch annehmen, dass da etwas faul ist."

„Hauptsache, es funktioniert. Bekomme immer die Rückmeldung aus Bukarest."


Richtung Donau weiter und denn nach Bratislava, so sind sie immer gefahren. Bis in die Innenstadt müssen sie. „Fahr doch auf die Hauptstraße, noch ist kein Verkehr!"

Kurz nach der Auffahrt ist im leichten Nebel Blaulicht unmittelbar vor ihnen. Sie können nicht mehr aus. Da müssen sie durch!


An beiden Seiten gehen Polizisten mit Hunden die Wagenkolonne ab, leuchten in jedes Auto, winken zur Weiterfahrt. Plötzlich hat Aleksandru eine Pistole in der Hand, „Den Revolver weg, du Arsch, rasch, noch hat es keiner gesehen!" Da steht der Polizist schon an der Fahrerseite, leuchtet in den Wagen, sieht die Pistole, der Hund springt hoch, die Autotür halb aufgerissen. Aleksandru hebt die Waffe in Fensterhöhe, da hat schon der andere Polizist durch das seitliche Fenster, das der elegant gekleidete Herr gerade einen Spalt geöffnet hatte, geschossen. Mitten in den Kopf!

Der Knall war ohrenbetäubend, Aleksandrus Kopf wurde zur Seite geschleudert. Die schon halb offene Fahrerseitentür wurde durch die Wucht des Schusses weiter aufgedrückt, er kippte aus dem Wagen.

Aleksandru Picleanu war tot! Mausetot!

Mit erhobenen Händen will sich der Elegante aus dem Wagen rollen, der Polizist reißt ihn hoch. Handschellen klicken.

## 28

Sam spricht leise ins Handy: „Fritzi, natürlich, es fällt mir wie Schuppen von den Augen: Das war es, was wir gesucht haben, das wir übersehen hatten! Marescus Bild ist nicht dabei! Fritzi, die Sitzung dauert noch, ich muss hier bleiben! Nimm sofort mit der Botschafterin persönlich Kontakt auf! Du kannst das! Ich leg mein ganzes Vertrauen in Dich!"

Bevor noch Fritzi die Botschafterin erreichen kann, wird sie vom Kollegen informiert, dass die rumänische Botschaft eben das Präsidium kontaktierte und gebeten hat, Frau Staller „solle bitte sofort zur Ihrer Exzellenz in die Botschaft kommen! Exzellenz habe mit Frau Staller etwas sehr Wichtiges zu besprechen!"

Ausnahmsweise mit Blaulicht fährt Fritzi sofort los. Sie lässt das Einsatzfahrzeug, das Halte-Verbotsschild missachtend, direkt in der Einfahrt stehen, hastet, den Polizeiausweis vor sich her haltend, die breiten Stufen hinauf zum Empfangszimmer der Botschafterin. Nur wenige Minuten sind seit dem Anruf vergangen!

Schwer atmend übergeht sie die Vorzimmerdame, öffnet die gewaltige Türe, Fritzi stürmt hindurch, die etwas offen stehen bleibt. Ihre Exzellenz sitzt heute still, so bedrückt, niedergeschlagen hinter ihrem Schreibtisch. Sie steht auf und geht um diesen zu Fritzi hin, sie stehen sich gegenüber, die Dame in fortgeschrittenem Alter und die neue Generation von Frau:

„Frau Staller, ich muss Ihnen die Mitteilung machen, dass der Attachè Adrian Marescu, der sie das letzte Mal, als Sie hier gewesen waren, betreut hatte, heute früh in Bratislava verhaftet worden war. Er hatte versucht, sehr viel Bargeld über die slowakische Grenze zu schmuggeln! Der Mann, der das Auto gelenkt hatte, ein eher übler Typ, Aleksandru Picleanu, ist an einer Straßensperre, die wegen der Flucht eines Häftlings aus dem dortigen Gefängnis errichtet worden war, erschossen worden. Er hatte mit einem Revolver auf zwei slowakische Polizisten gezielt. Marescu blieb unverletzt."

Fritzi war sprachlos!

„Da Herr Marescu diplomatischen Status besitzt, wurde er an unsere Botschaft in Bratislava ausgeliefert, und ist sofort nach Bukarest überstellt worden, das Geld aber wurde von der slowakischen Polizei beschlagnahmt."

Das so feine, freundliche Gesicht der rumänischen Dame, wie sie es in schöner Erinnerung hatte, war nun starr. Wie eingefroren! Sie, die Exzellenz, leidet. Leidet ehrlich!

„Ich muss davon ausgehen, dass Herr Marescu der gewesen ist, den Sie bei uns hier gesucht hatten! Ich hoffe, ich weiß es, er wird zu Hause der gerechten Strafe zugeführt werden."

Die Botschafterin ist ebenso erschüttert wie Fritzi!

„Ob er der Anführer der Bande war, ist etwas zu bezweifeln. Der Boss der Gangster sitzt meist in Bukarest in einem Luxushaus."


Nach einigen Minuten der Stille, Fritzi kann gar nicht mehr darauf eingehen, dass sie Herrn Marescu ebenfalls schon aufgedeckt hatten, muss Exzellenz aufbrechen.

„Ich wollte Ihnen dies mitteilen, ich glaube, Sie haben ein Recht darauf, es von mir persönlich zu erfahren. Eine offizielle Stellungnahme der Botschaft wird es nicht geben, nicht geben können!"

„Und grüßen Sie bitte Ihren Kommissar! Und noch eine Bitte, denken Sie nicht, dass alle Rumänen frevelhafte Menschen sind!"

Ihr Gesicht löst sich wieder etwas, wird, so wie es Fritzi in so guter Erinnerung hat, freundlich lächelnd. Ein wehmütiger Zug aber ist ihr verblieben. Fritzi weiß es, erahnt es, diese Frau ist gebrochen. Ihr Glaube an das Gute im Menschen ist zerbrochen. „Wie gerne würde ich zu ihr gehen, die 2, 3 Schritte und sie in die Arme nehmen."

„Kommen Sie zur Hochzeitsreise zu uns, überzeugen Sie sich, welch ein schönes Land wir haben, und wie gut und freundlich die Menschen bei uns sind!"

Fritzi ruft, nachdem sie die Botschaft verlassen hatte, sofort ihren Sam an und berichtet ihm in Schlagworten, trotzdem er noch in der Sitzung sich befindet.

„Leute, wir sind ab heute Hauptkommissar!" ruft Schilling seinen Mitarbeitern zu! „Nachdem ich von der Lösung unseres Falles berichtet habe, wie Du, Fritzi es mir mitgeteilt hast, wurde ich bei der ‚Ersten demokratischen Wiener Polizeiwahl' einstimmig gewählt! Eine besondere Ehre, für die ganze Abteilung, hat der Präs gemeint."

Schilling dreht sich zu ihr, strahlt übers ganze Gesicht, als er mitteilt:
„Und für Dich, Fritzi, hat er eine Freistellung vom Dienst angekündigt, bis zu Deiner Sponsion! Er meinte, als Magistra wärest Du noch wertvoller für die Polizeidirektion!"

Und er, der geehrt worden war, gratuliert allen seinen Mitarbeitern, Fritzi bekommt einen Kuss.

Tage später, der nette alte Pater Prior hat sie gebeten, sie mögen doch bei ihm vorbeikommen, etwas neugierig ist er doch.

Lange sprechen sie in sehr gemütlicher Atmosphäre über den nun abgeschlossenen Fall. Immer wieder muss der Pater seinen Kopf schütteln. Wie schrecklich ist es doch auf dieser Welt.

„Schade, dass Markus sich das Leben genommen hat! Ein guter Kern ist in ihm gewesen. Er wäre doch noch ein wertvoller Mensch geworden. Davon bin ich überzeugt"

Dann, wie es ja zu erwarten war, kommt Pater Prior wieder auf das Thema zurück, über das sie schon ein wenig beim letzten Treffen philosophiert hatten.

So schön fließen die Worte, so herzlich wird dieses Gespräch. Sam denkt gar nicht mehr daran, dass sie in einem katholischen Stift, einem Kloster sind und mit einem Pater reden, so lieb kommt es aus dem Herzen heraus:
„Fritzi, ich bitte dich, mich zu heiraten!"

„Ist wohl recht ungewöhnlich für diese alten Gemäuer, und dazu zähle ich mich auch, einen Heiratsantrag mitanzuhören", erinnert der liebe alte Pater die beiden, „und Sie, Frau Staller, Ihre Antwort ist noch ausständig, wenn ich darum bitten darf!".

„Sam, in nur so wenigen Tagen ist soviele ehrliche Liebe mir geschenkt worden, ich liebe Dich, Sam, und kann niemanden anderen lieben!
Ja, Sam, ich will!"

„Damit ist nur ein Teil meiner Frage beantwortet, darf ich erinnern, meine Frage war, wie die Hochzeit sein soll, wenn ich Ihre Erlaubnis habe. Dass Sie beide sich lieben, dass habe ich schon gespürt, als Sie in mein Zimmer traten."

„Wenn es für mich erlaubt ist, in einer Kirche, einer christlichen Kirche zu heiraten, würde ich mich sehr freuen, liebe Fritzi",

„Ich möchte dies auch! Aber genauso freute mich eine jüdische Hochzeit in einer Synagoge!"

„Von Herzen gerne möchte ich Sie begleiten! Darf ich?"

ENDE

Der Roman ist eine Fiktion, alle handelnden Personen sind frei erfunden. Allfällige Ähnlichkeiten zu realen Personen bzw. Ereignissen sind ungewollt und daher nur zufällig.

## Über den Autor

Rudolf Schandalik, Jg. 1947, war über 40 Jahre Arzt, davon 25 Jahre Vorstand einer chirurgischen Abteilung. Sein ganzes Leben war durch die Medizin erfüllt, sodass die Liebe zur Musik, zur Kunst, zur Literatur zu kurz kommen musste. Nun kann er sich dem widmen, was, in seiner Meinung, das Leben erst stimmig, harmonisch, wertvoll macht: Kultur genießen, ohne auf die Uhr schielen zu müssen. Die Welt der Oper öffnet ihm die Erfüllung der jahr-zehntelang zurückgestellten Träume. Der Besuch einer Ausstellung, eines Konzertes, die Literatur, all dies runden seinen Kulturhunger ab, der auch von seiner Frau mit Freude mitgetragen wird.

In »Si. Man nennt mich Mimì«, einem Roman mit biografischen Bezügen, gibt er sich besonders auch dem Musikleben hin.

Nun liegt der *Krimi-Erstling* vor. Der Roman, in Wien handelnd, beschäftigt sich mit einer sehr traurigen Seite des Verbrechens: Dem Kindesmissbrauch. Der ökonomischen, der sexuellen Ausbeutung von Kindern, Jugendlicher. Ein Text, der in die Tiefen der menschlichen Natur führt, der versucht, diese Abgründe aufzuarbeiten. Getragen, erst genießbar gemacht, vom Team um Kommissar Schilling, das in kultureller und zwischenmenschlicher Beziehung den Ausgleich sucht und auch findet.